D1674916

Chroniques des haleines ordinaires

Harry
Kowert

Autres publications…

Triptyque du Complexe de la Viande
Contes et légendes des vagissements domestiques
Les contes ordinaires de la Rue Philibert
Les gerçures de l'effroi
Varices emmitouflées
Schizo-phobies obsessionnelles

Bernadette travaillait inlassablement sur sa machine à écrire. Trente ans qu'elle tapait sans jamais se plaindre. Ce mode d'aliénation lui avait valu les grâces de la direction. Aussi, était-elle devenue Cheffe de bureau pour le bonheur de tous. Une vraie matriochka.

Ici, pas question de QI, mais seulement de volonté. Posséder l'esprit d'entreprise étant, et de loin, la chose la plus admirable.

Lorsqu'elle fut promue à ce poste, Joyce offrit à Bernadette une orchidée en plastique. Émue par cette marque de gratification, cette cheffe de bureau posa le cadeau à côté de sa machine à écrire. Elle l'observa cinq secondes, puis se remit à taper sur un rythme métronomique, ergonomique, arithmétique et, par moment, passablement pylorique !

Gênée par une hernie hiatale responsable d'un reflux acide quelque peu odoriférant, Bernadette exhalait discrètement des effluves de son cru. Les employés en avaient parfois la peau irritée ! Jamais, et sans doute par peur de perdre son poste, elle n'avait accepté de quelconque traitement.

Exemplaire, cette femme démontrait que travailler plus pour gagner plus ne relevait pas du mythe, mais bien d'une réalité concrète. On ne lui avait pas menti ! Onze euros par douze : le calcul se voulait être des plus conséquents. Soit un surplus de 132 euros par an !

Secrètement, ses collègues étaient devenus jaloux de son statut. Son pouvoir d'achat dépassait largement le leur.

A l'évidence, Joyce ne possédait pas les qualités de Bernadette. Le fric, elle s'en foutait, mais nullement de son pouvoir d'achat. Elle voulait travailler pareil et gagner pareil, ou plus. En tout cas, pas travailler moins ! Car travailler moins voulait dire se retrouver à la maison et s'occuper de son mari sidéré brutalement par un quelconque hasard de la vie depuis le début des années 2000. Une sidération que les savants ne surent expliquer tant le cas leur parut d'une complexité innommable. Atonique, il s'était retiré de toutes activités humaines refusant le verbe, le mouvement, mais aussi la nourriture. L'état de catatonie occupait désormais sa non-vie. Il n'était plus rien, lui qui fut jadis un skieur hors pair. La mélancolie l'avait emporté en son domaine pour l'éternité. Pour Joyce, ce fut son cadeau de fin du millénaire. Eût-il été anencéphale, la situations n'aurait pas été pire. Petit détail, et pas des moindres : son amour de jeunesse bavait à gros débit depuis une vingtaine de saisons. Et pour que son homme soit bien au sec, elle passait la majeure partie de son temps à couper le fil de bave qui pendouillait.

Jamais Joyce n'avait demandé le statut de martyre ni même celui de Sainte !

Une totale abnégation qui permettait à cette femme de porter le titre d'épouse admirable.

Confidence importante, ledit mari recevait une pension conséquente qui suffisait amplement à la survie du couple. Aussi, avoir à domicile un pur flan augmentait, d'équation, le pouvoir d'achat. Bien sûr, elle ne disait ce secret à personne, et surtout pas à la Direction des Affaires Hygiéniques et Sociables. Imaginons un instant que la prime lui fût sucrée… Un meurtre d'utilité publique s'en fût illico suivi !

Ainsi, Joyce tapait-elle à la machine et, à l'occasion, offrait des orchidées plastifiées. Une façon bien à elle de se faire aimer de tous.

Jamais, à ce jour, aucun autre des employés n'avait reçu un tel cadeau.

En déplaçant le regard de quarante-cinq degrés sur la droite, on ne pouvait pas passer à côté de Monique sans être frappé par la blondeur de sa touffe capillaire. Quarante-cinq ans, célibataire, adepte de body-sculpt. Et rien d'autre. Formée à l'École Nationale du Secrétariat, elle s'était fait embaucher dans ce cabinet comme stagiaire, et y était restée en tant que titulaire. Pas une seule fois elle n'avait eu l'idée de changer de boite. La salle de gym qui se trouvait à deux pas de son lieu de travail l'attirait tout autant que peut l'être une mouche par l'odeur du purin.

Travailler lui garantissait une musculature des plus ragoutantes.

Toute la boîte savait qu'elle n'aimait pas son prénom. De cette détestation, elle n'en faisait part à personne. Ainsi, l'appelait-on Monique, sans lendemain. Eût-elle dit qu'elle le vomissait, à coup sûr les gens se fussent demandé pourquoi. Qu'aurait-elle pu dire à son corps défendant ? Elle, l'adepte du body-attack.

Moniiiiique ?

Se recouvrant d'une honte quasi atavique à l'évocation de ce doux prénom, elle s'efforçait toujours de mâchouiller deux ou trois banalités servant à noyer le poisson, ou plutôt la sardine. Aussi, évitait-elle de trop la ramener. Ce qu'elle faisait brillamment.

Pour la petite histoire, *Moniiiique, niiiiique, niiiiiique, niiiiiique...* correspondait à l'écho que Monique entendait dans sa tête chaque fois qu'on l'interpellait.

Ce secret était pourtant venu aux oreilles de quelques employés d'une manière on ne peut plus simple.

Alors qu'un soir Monsieur Jacques fouinait dans les bureaux de la direction, il s'était retrouvé nez à nez avec le dossier évoquant les difficultés psycho-psychiques de ladite Frida. Oui, Monique souffrait du psychisme, et la pratique assidue du body-sculpt (en fait l'haltérophilie à outrance) lui permettait de mettre la petite voix en sourdine.

Moniiiiique, n'auriez-vous point vu mon dossier ? Cette manie prise par les employés d'accentuer certaines syllabes semblait toujours la déstabiliser. Le rouge de ses pommettes jurant alors avec la blondeur de sa touffe angélique.

Un mâle logeait également dans ce bureau. Il s'agissait de Bernardo. Pas Bernardo de Zorro. Juste Bernardo de Porto. Cet homme n'avait aucune particularité hormis celle d'avoir été formé au secrétariat. A l'instar de Bernadette, de Joyce ou de Monique, il possédait une machine à écrire dernier cri !

La jalousie des filles envers cet engin était énorme car pour avoir la même, il leur avait fallu attendre près de quinze années ! Leurs bouts de doigts avaient eu le temps de se recouvrir d'une corne tellement rêche que le papier pouvait, en certaines occasions, en souffrir.

Cette injustice frôlait le scandale puisque l'expérience de ce jeune en matière de frapperie lui faisait cruellement défaut. Il tapait vite, certes, mais déversait un nombre considérable de fautes, ce qui permettait à Bernadette de dire entre deux relents cosmétiques *Mais pourquoi qu'ils l'ont embauché, le portos !*

Car, dans l'idée de Bernadette - et elle n'avait pas tord d'un point de vue purement socioprofessionnel - les Portugais, idéalement parlant, étaient champions pour faire du ciment, du plâtre, voire du carrelage.

Mais sûrement pas du secrétariat !

Comment ce garçon était-il arrivé à ce poste ? Pour le savoir, il serait souhaitable d'interroger le service chargé de l'insertion des personnes. Pas celui des étrangers (Bernardo ayant reçu les eaux des fonds baptismaux, ici, en France.) Mais le service des handicapés ! Attention, il n'était pas atteint de la psyché, comme l'était le mari de Joyce. D'ailleurs, il ne bavait pas.

Petit, Bernardo, eut un sérieux problème. A l'âge de trois ans, son père lui roula sur le tibia alors qu'il faisait une marche arrière avec le camion rempli de ciment. (Ce n'est pas pour dire, mais Bernadette n'a pas tord…) Bref, le petit Bernardo se retrouva amputé du pied droit et un peu de la jambe. A la place, une tige métallique avec, au bout, un embout en plastique dur lui fut incrusté au moignon. Ce système ingénieux permit à cet enfant de remarcher normalement, ou presque. Pour courir, son rêve de toujours, il faisait comme s'il n'existait pas. Alors, il ne courait pas. Un peu à l'image de Monique avec son prénom.

Ce garçon devait tout à la Direction des Affaires Hygiéniques et Sociables. Grâce à cette institution, il avait pu accéder à la formation de secrétaire et donc, à ce poste. La Loi imposant aux entreprises un quota de 6 % de déshérités !

Quand Bernadette eut vent de la nouvelle, elle susurra du bout des lèvres *Ça marche même avec les estropiés !*

Bernardo représentait un modèle parfait d'intégration ! La France pouvait être fière de sa politique d'insertion. Il n'est pas dit d'assimilation !

Dans ce bureau, le mur froid et sans couleur, telle une enceinte oppressante, ne permettait aucune fantaisie, aucun rêve. Les chaises anguleuses façonnées sauce formica souscrivaient à la stimulation des récepteurs en matière de vigilance. Pas un seul instant il n'était possible de s'enfoncer dans un moelleux sur mesure, ce qui eût ôté toutes velléités productivistes. Sans doute ce système avait-il été étudié afin de rendre plus rentables les expressions littéraires qui frôlaient, ici, l'aliénation.

Du matin au soir, les cinq tapaient des rapports de mise en boîte.

Une fine équipe formée de Bernadette, Monique, Joyce, Bernardo et Gérard. Les autres employés n'ayant pas la fonction de scribes des temps modernes.

Cette entreprise nationale de pompes-funèbres aurait-elle pu s'en sortir sans la compétence extrême de chacun d'entre eux ? L'histoire ne le dit pas.

Gérard était un prénom à la con comme peut l'être celui d'un Gilbert ou d'un Guy. Longtemps il en avait voulu à sa mère qui avait eu cette idée, justement à la con.

Selon lui, la lettre G aurait dû être exterminée du dictionnaire. Aussi aurait-il pu écrire sans aucun problème une nouvelle version de ce bouquin *La disparition*, mais amputé de sa lettre G !

Proche de la quarantaine, il vivait depuis sa tendre enfance dans un monde à dominante taciturne. Tous les autres synonymes pourraient être employés pour décrire cet état constituant sa vie… Car jamais le mot Gérard n'avait eu le pouvoir d'évoquer l'émerveillement !

L'emmerdement maximal soutenait ses actes au quotidien. Et ne parlons pas de ses pensées faites de ruminations gélatineuses. Une vie des plus envieuses.

Aussi, était-il devenu secrétaire simple, sans ambition. Oui, sans ambition aucune. Et peu d'esprit d'entreprise. Il tapait à la machine et acceptait, à l'occasion, de faire des heures supplémentaires. D'ailleurs, la télé écran-plat, Gérard fut le premier des cinq à l'avoir achetée ! Bernardo serait le dernier à en posséder une.

Enfin, un peu de justice sociale.

Détenir l'écran-plat compensait son absence de vie amoureuse. Cet objet herzatique, qu'il nommait l'écran de ses passions, diffusait des programmes hautement substituant. L'aliénation ordinaire constituant son quotidien.

Qui, en ce monde, n'a jamais eu l'envie de se faire un Voisin-voisine ou un reportage sur la chasse au sanglier en Sologne sur le coup des trois heures du matin ? Une friandise à laquelle Gérard, devenu accro, ne savait résister. On se contente de nos médiocrités, du moment qu'on ne pousse pas trop loin la réflexion.

Taper à la machine l'éloignait pour quelques instants seulement de cette vie qu'il considérait, en toute lucidité, comme une vie de merde !

Avant de plonger dans cet abrutissement socio-aculturel apporté par les ondes, Gérard s'était rendu sur des sites de rencontre que proposait l'internet. Les Meeeetics et autres Tics avaient étalé leurs arguments convaincants. Tout devenait possible sous couvert du code à seize chiffres. Il n'y avait qu'à ! Et, tout comme un bon pigeon, il avait rempli, *on line*, la fiche signalétique servant de 'profil' à cette entreprise hasardeuse.

A la première ligne, il pressentit les difficultés que dénudait cette industrie.

Prénom : ---------

Particularités physiques : ----------

En inscrivant les lettres qui constituaient son prénom, il fut saisi d'une crainte on ne peut plus légitime. GERARD aussitôt écrit, lui vint à l'esprit de le substituer par un autre. Il se mit à réfléchir sur l'ensemble des sonorités avenantes qui pourraient garantir une rencontre efficace. Mais son sur-moi, responsable, sur lui, de toute une variété de troubles psychosomatiques lui permit de revenir dans le droit chemin.

Mentir lui garantissant quelques troubles intestinaux de son cru, mieux valait s'abstenir !

Sa mère ne lui avait-elle pas rabâché depuis sa tendre enfance que s'il voulait mentir, il fallait d'abord qu'il apprenne à se convaincre que Gérard est le prénom le plus élégant porté en ce bas monde ?

Résigné, il prononça le mot Gérard à haute voix. Aucune évocation mélodieuse ne vint envahir son champ de pensée. Pour peu, les murs eussent applaudi !

Cent cinquante euros furent débités de son compte et pas un seul rendez-vous galant ne s'inscrivit sur son agenda. Peut-être aurait-il plus de chance avec L'amour est dans le pré !

Ainsi était constitué ce cabinet pourvu de cinq secrétaires qui ne demandaient pas grand-chose à la vie. A première vue, leurs fonctions liminaires consistaient à frapper les claviers sans réfléchir, sans songer un seul instant.

L'aliénation leur allait tellement bien.

Ils ne communiquaient pas entre eux, mais s'observaient toujours. Se saluaient souvent, ne s'excusaient jamais. Les commentaires internes, sourires aux lèvres, allaient bon train. Bernardo ayant la palme des ressentis négatifs. Sans doute le clac-clac que faisait sa prothèse sur le plancher agaçait ses collègues. Et surtout Bernadette.

Une ambiance de travail des plus banales. Des conditions salariales idéales. Un émolument assuré en fin du mois. Un rien à dire qui aurait pu alerter la CGT ou Force Ouvrière.

Vers 18 heures, service rendu, les cinq partaient chez eux. Ils retrouvaient leurs mondes ordinaires, leurs modes ordinaires. Seuls, désespérément seuls, ils survivaient à leurs conditions sociétales.

Le bureau, de 8 heures à 18 heures, n'était qu'une scène sociale vide de tout intérêt, de tout sens. Ils avaient été formés au secrétariat et s'étaient retrouvés là, ensembles, frappant à la machine, se regardant l'œil torve, se devinant peut-être.

Leur vie de tous les jours passait par ce cabinet : condition *sine qua non* de leur insertion dans la société. Simplement pour bouffer, et ne pas finir à la rue, chômeurs, ou pis encore clochards. Ce qui eût fortement altéré leur pouvoir d'achat !

Mais au-delà de ces considérations ethnologiques, les êtres du bureau évoluaient dans leur tête, le lieu de toutes leurs bassesses. Un endroit fait de confusion, d'incompréhension et de raisonnement d'à-côté.

Ce travail de bureau était-il le reflet, la projection concrétisée de leurs propres défaites internes ? Peut-être faudra-t-il s'y pencher.

Ils frappaient, frappaient et refrappaient. Tous ensembles, à l'unisson. Un peu comme si la vie les avait conduits en ce lieu de frappage, frappadingue, assis face à face, soumis à des conditions délétères ne leur laissant aucune autre initiative que l'aliénation chère à nos Sociétés Modernes.

Si leur vie privée était un échec facile, leur vie sociale, reflet de cet intérieur pernicieux, ne possédait aucune raison réelle d'exister. Hormis celle de porter, comme un projet inavouable, leurs haines indicibles.

Car la Haine peut, au cours d'une vie, être le seul moteur retenant l'être à sa propre existence.

Monique tremblait toujours à l'idée qu'un quelconque andouille l'appelle en pleine course, à la banque ou dans un restaurant. Pour ce dernier lieu, ce n'était qu'hypothèse projective : la susdite n'ayant jamais été, à ce jour, invitée en pareil endroit !

Monique, niiiiiique, niiiiiique, niiiiiique… entendait-elle inlassablement dans sa tête, un peu comme une chanson bien rôdée qui ne cesse de passer en boucle et qu'il devient, à la longue, illusoire de faire taire.

Aussi enfila-t-elle ses doigts dans le trou de ses oreilles afin que la petite voix intérieure aille voir ailleurs si elle y était. Trois minutes après, elle retira ses formations digitales des opercules acoustiques et constata, avec désolation, que le cérumen allait bon train.

Elle dût en accepter l'évidence.

La voix partiellement rangée au placard et les doigts décrassés, Monique se regarda dans le miroir des toilettes. Le blond de sa chevelure l'émerveillait toujours autant. Cette illumination d'elle-même la rassura car ceci la conduisait toujours dans quelques endroits de son enfance chérie. Du moins, le croyait-elle fermement. Sa blondeur rimant avec enfance, champ de blé, blé en herbe, toit de chaume, fromage à pâte molle et autres niaiseries. Monique n'était pas du genre à se prendre la tête avec des métaphores ou autres métonymies pour lesquelles elle n'avait jamais eu accès.

En elle, les croyances s'affirmaient fortement. Et rien d'autre à l'horizon.

Mais le blond, celui du capillaire, ne suintait pas de manière naturelle à l'intérieur de la fibre. Il nécessitait un entretien de tous les instants, ce qui lui donnait l'illusion d'avoir toujours été blonde ! Et comme elle ne se souvenait jamais d'avoir fait la couleur… Le tour était joué.

Blonde comme sa mère, pensait-elle ! Qui, hélas, ne le fut jamais. Plutôt brune et à forte personnalité. La petite voix venant systématiquement faire barrage à ses souvenirs d'avant.

Elle referma la cuvette des toilettes, tira la chasse d'eau, et repartit derrière sa machine à frapper les mots.

Bernadette regarda sa montre d'un œil discret. Cinq minutes et trente-six secondes exactement que Monique était restée dans les toilettes. Avec son stylo, elle marqua 5 min 36. Seules trois minutes étaient autorisées : le temps restant étant décompté du salaire. Reprenant sa machine, elle enclencha le lecteur audio et poursuivit la fonction pour laquelle elle avait été employée.

Gérard, Bernardo et Joyce firent de même. Tous effacèrent instantanément le rictus de dégoût qui s'était aggluttiné à leurs lèvres pendant l'absence de cette Frida de pacotille.

Les yeux rivés sur leurs microphones et les doigts en actions, ils ne firent plus aucune pause. Et plus personne ne leva la tête.

Mais la tête est un bien grand mot pour qui les eût observés. Les yeux regardaient les claviers, les phalanges tapaient, et les pieds dans les chaussures se contentaient de macérer. Le moignon de Bernardo idem. Les pages blanches s'inscrivaient à ce rythme effréné qui fait songer que l'aliénation n'est pas loin. Car ici, point de création. Pas l'once d'un espoir, d'un rêve ou d'un voyage projeté à travers leurs écrits.

Et quels écrits !

Les cinq écrivaient, certes, mais ne faisaient que retranscrire les mots de leur patron : un homme exécrable exerçant cette noble profession portant ce si joli nom de croquemort.

Cette année-là fut à nouveau portée par une canicule identique à celle qui s'abattit sur la France en août 2003 et qui fit quelques 15 000 morts par dessèchement extrême ! Le réchauffement climatique s'accélérait inéluctablement, même si certains illuminés affirmaient le contraire.

Une aubaine pour cette entreprise qui, de la mort du commun par évaporation voire lyophilisation (tels des sachets de parmesan), s'en faisait des choux gras. Près de quarante-six milles décès furent enregistrés sur les carnets mortuaires des mairies. La surchauffe avait du bon.

De quoi acheter un nouveau 4 x 4 ! Les employés, eux, se contenteraient d'un joli quatre-quarts de chez Lidl.

A n'en pas douter, le dérèglement atmosphérique issu du capitalisme à tout va ne devait en rien être considéré comme une catastrophe planétaire. Il n'y avait qu'à analyser la vie des actionnaires pour constater que leurs voyages en avion longs courriers avaient quintuplé sur une période de dix ans. Quant aux autres, ceux qui n'arrêtaient pas de se plaindre d'avoir trop chaud, ils pouvaient toujours installer un ventilateur dans leurs quinze mètres carrés.

Alors que sur les écrans télé et dans les radios on déplorait la disparition de ces âmes supposées charitables, le cabinet croquemoresque tournait plein pot. Une aubaine tombée du ciel. Jamais autant de rapports n'avaient été frappés en un espace aussi court.

Bernardo, insuffisamment formé à ce type d'exercice, semblait à tout moment perdre pied (au singulier, bien entendu !) Allait-il tenir le coup ? Bernadette ne le souhaitait pas. *Qu'il le vire, le Ghesh. Il pourra toujours aller faire des azuléjos sur le dos de maman !* déclamait-elle en douce entre deux relents aussi acides que sa verve mauvaise. Et bien heureux qu'ils ne se fût pas appelé Mouloud ou Mohamed. A coup sûr, ladite Bernadette ne se serait pas posée de questions métaphysiques lorsqu'elle aurait déversé, journellement, quelques gouttes de mort aux rats dans le thé de l'infidèle.

Aussi la canicule avait-elle du bon. Elle permettait l'enrichissement de ces boîtes croquemoresques, mais n'avait pas que cette unique fonction. Bien qu'il ne fût pas possible de le crier haut et fort sur les ondes, cet excès de chaleur permettait au Gouvernement de faire un maximum d'économies. Il n'y aurait plus à payer les retraites. L'équation se voulait être des plus juteuses ! Un bas de laine que bénissaient les économistes de l'Élysées.

Summum de l'hypocrisie, il fut demandé aux personnes âgées de rester à l'abris de la chaleur, et surtout de se rendre dans des lieux climatisés (de préférence une grande surface, sans oublier de prendre un caddy pour le remplir à ras bord), et de boire à tout va. Mais boire à tout va, quand on est vieux, exposait au risque de la surcharge hydrique. L'eau partait directement dans les poumons créant ce qui s'appelle un œdème du poumon ! Couic !

Nouveau rapport à taper.

Ainsi passa l'été. L'automne et le début de l'hiver n'apportèrent rien de particulier à nos cinq secrétaires. Aussi tairons-nous cette période ennuyeuse à mourir !

Monsieur Charles De La Bonbonnière, gérant de la boîte, ne se remettait pas de son chiffre d'affaires qui avait explosé ces quelques derniers mois. Dieu que la canicule avait été une aubaine ! Deux cent cinquante mille euros de bénéfices dormaient déjà sur son compte en banque. Bien sûr il s'abstint d'en informer le petit personnel, comme il le nommait. Après tout, l'employeur, c'était lui. Et comme tout bon héritier, il remercia son papa, lui aussi décédé prématurément. Mais pas de la canicule. Une affaire qui fut classée sans suite durant quelques semaines.

Quelques semaines seulement !

Cependant, comment pouvait-on expliquer cette mort par hypoglycémie sachant que le père de Charles n'avait jamais été diabétique ! Pas comme la grand-mère qui s'injectait des doses d'insuline trois fois par jour, et avait pour meilleur ami un dogue allemand dont la langue servait de désinfectant aux points d'injections. On avait beau lui expliquer qu'un toutou, aussi efficace soit-il, ne devait pas être assimilé à un coton imbibé d'alcool à 90 degrés, rien ne lui faisait changer d'avis.

Les abcès cutanés étant là pour démontrer qu'un clébard n'est en rien un antiseptique !

Pour en revenir au père, il fut décrété bipolaire, mais personne ne comprit vraiment comment le diagnostic avait été porté.

Selon les dires, le versant dépressif expliquait grandement son suicide. Il était effectivement grand chrétien et portait en lui, comme une fonctôn ancestrale, les deux mille ans de dépression mystique qu'offrait à l'humanité entière la religion catholique.

Charles déploya toute une série d'arguments qui finirent par convaincre les inspecteurs que sa seule issu passait par l'insuline. Sans doute, lors d'un moment de déprime intense, son père avait-il volé quelques flacons à sa maman chérie : la fantasque Lola.

L'ami de Charles, un psychiatre assermenté exerçant dans les beaux quartiers de la capitale, fit un certificat en bonne et due forme expliquant que la situation du papa était plus que désespérée, et qu'il n'y avait aucun doute sur les moyens et la volonté dont il avait usés pour arriver à ses fins. Ses moult pèlerinages l'ayant conduit à Lourdes et à Fatima avaient certainement suffi à le convaincre que le Royaume des Cieux l'attendait.

Il ne lui restait plus que Lisieux pour pleurer !

L'affaire enterrée, et l'héritage bientôt en poche, Charles et le psychiatre partirent trois semaines au

Bahamas pour qu'il se remettre de ce deuil qui l'accablait.

Le fils De La Bonbonnière conserva en son sac de voyage un petit flacon d'insuline au cas où sa grand-mère Lola, elle aussi blindée aux as, oublierait de donner la pièce à son petit-fils chéri qui le méritait tant.

Comme on peut s'en douter, les Bahamas ne furent pas proposés aux cinq secrétaires qui, d'ailleurs, n'auraient su que faire d'une telle invitation.

Bernadette préférait de très loin les couleurs locales et rassurantes des contrées d'ici : les visages bien blancs étant la valeur la plus sûre. Le fil de bave, lui, incarnait une contrainte à laquelle Joyce s'évertuait à soustraire son mari tout en se disant qu'il valait mieux s'occuper du fil plutôt que perdre la pension conséquente que versait la Direction des Affaires Hygiéniques et Sociables. Monique avait son abonnement à Basilic Fist, et pour rien au monde n'aurait loupé sa séance de musculation journalière. Inutile en revanche d'inviter Bernardo aux Bahamas car, d'une part, la prothèse risquait de s'enrayer dans le sable des tropiques et secondement, avec un tel prénom, ses chromosomes gardaient le souvenir des voyages de ses ancêtres. Il n'avait qu'à penser à Vasco de Gama pour se trouver projeté dans ces contrées de sauvages ! Un avantage évident et tellement plus avantageux. Et ne parlons pas de Gérard dont la seule motivation consistait à ne jamais louper un épisode sur la Chasse au sanglier en Sologne sur les trois heures du matin. Les Bahamas, lui, il s'en foutait royalement. Il évitait ainsi les crises d'angoisses massives.

Aussi, pas besoin de se rendre dans ces îles lointaines tant ces voyages semblaient surfaits.

Prenons par exemple Monique qui logeait secteur de la Goutte-d'Or, pas très loin de la station de métro Barbes. Elle n'avait qu'à ouvrir la porte de son appartement de seize mètres carrés pour se retrouver plongée au cœur de l'Afrique noire, voire très noire.

Dans ces conditions, à quoi bon prendre l'avion ?

Joyce n'aimait pas l'Afrique mais préférait les nems et, à l'occasion, un bon rouleau de printemps ! Aussi logeait-elle rue de Belleville, entre toxicos à tout et massages de pieds. Lorsqu'elle partait faire ses courses, son baveux (entendons-là son mari, bien sûr) pouvait bien rester une heure tout seul puisqu'il ne pouvait rien faire d'autre. Sa productivité n'ayant jamais décollé du zéro pointé.

Quant aux trois autres, ils avaient élu domicile dans diverses banlieues populaires, et notamment une appelée Versailles. Cette dernière accueillait Bernadette.

A quelques centaines de mètres de son appartement, l'église intégriste chère à Monseigneur Lefèvre parlait un latin des plus anciens. Bernadette aimait cette langue morte, les visages bien blancs et les serre-têtes en velours bleu marine sur carré Hermès. Elle se contentait de dire Amen le dimanche dans son carré pas du tout Hermès, mais juste Monop, recouvert, pour donner le change, de châtaignes et de bolets sur fond marron caca d'oie. Les langues mauvaises eussent dit son carré Herpès !

Leur vie, comme il fût dit quelque part dans le texte, n'était pas portée par le rêve ou de quelconques désirs ! Survivre à leur condition délétère suffisait amplement. Mais à quoi survivaient-ils ? Telle était la véritable question.

A minuit, ils éteignirent de concert les plafonniers après avoir pris le petit comprimé pour dormir. Deux pour Monique du fait de la petite voix qui avait la fâcheuse tendance à se réveiller une fois la lumière partie. Le réveil de Gérard devait sonner l'alarme à deux heures cinquante. Louper un épisode sur la Chasse au sanglier en Sologne l'eût terrassé sur place.

Leur bonheur, on le comprend, ne demandait pas grand-chose !

A son retour des Bahamas, Charles De La Bonbonnière fut convoqué au commissariat pour complément d'enquête concernant feu Monsieur son père. Au cours de ses vacances ensoleillées, des experts judicaires décidèrent de le déterrer (pas Charles, voyons !) après avoir été avertis d'un fait étrange par lettre anonyme. Cette dernière évoquait la possibilité d'un meurtre par injection d'insuline, ce qui remettait totalement en cause cette notion de suicide.

En effet, les quantités d'insuline retrouvées dans l'œil démontraient à quel point les doses ne pouvaient qu'avoir été massives. Ceci prouvait-il pour autant le meurtre du père ? Absolument pas. Les suicidants convaincus ne lésinant que rarement sur la dose à injecter. Et pour un mystique faible comme lui, la mort était le meilleur moyen d'aller voir du côté du Royaume des Cieux où tout n'est que lumière, bonté, émerveillement et rédemption absolue. Les manuels prosélytes en parlent en ces termes.

Premier hic, il ne s'était pas encore rendu à Lisieux et s'était promis de faire le pèlerinage à genoux. Peut-on passer à côté d'une occasion si merveilleuse d'avoir les rotules en sang tout en se récitant des Je vous salue Marie ? La lettre anonyme évoquait cette contradiction avec tant d'insistance qu'il était impossible d'y faire fi. Ayant déjà fait Lourdes et Fatima, Lisieux se voulait être, dans son cas, le saint des Graal, porte d'entrée finale à son suicide programmé. Et pas avant !

En deuxième instance, son extinction délibérée ne pouvait pas prendre forme aussi facilement dans son esprit puisque, petit, sa mère n'avait eu de cesse de lui marteler que s'il désirait se foutre en l'air, fallait pas qu'il compte sur elle pour venir chialer sur son cercueil ! Aussi se retrouvait-il dans l'obligation de survivre pour ne pas entrer en collision avec cette vilaine pensée qui n'avait de cesse de refaire surface à sa moindre défaillance.

Tertio, il avait eu quelques problèmes dans son enfance à la suite de plusieurs infections microbiennes contractées au contact de sa très purulente grand-mère diabétique. Gardant quelques séquelles pour le moins disgracieuses, il ne put s'empêcher de faire l'amalgame entre insuline et infections. Phobique à souhait, il devint réfractaire à tout traitement injectable. Ne désirant plus jamais être recouvert de pustules lactescentes et disgracieuses, la religion devint son seul refuge, et l'hostie consacrée son antibiotique au quotidien.

De l'insuline, il ne fallait surtout pas lui en parler !

Ces trois arguments réunis démontraient à quel point le suicide à ladite hormone posait un sérieux problème quant à sa mise en application par le sus bien dénommé désespéré.

La thèse du meurtre prémédité tenait la route aussi fortement que l'ancrage d'un phare breton battu par les vagues. Une piste qu'il ne fallait pas écarter.

Au regard de ces données inédites, le dossier fut à nouveau ouvert. Charles De La Bonbonnière se retrouva au commissariat, puis en garde à vue. Son bronzage quasi éternel allait en prendre un sacré coup. Bien sûr, personne ne lui fit part de l'existence de cette lettre anonyme.

Le problème n'était pas de savoir si le père avait été tué par le fils ou s'il s'était effectivement suicidé en trouvant un ingénieux moyen de le faire. Non, une seule interrogation s'imposait ici : de qui provenait cette lettre anonyme clamant, arguments à l'appui, le meurtre prémédité ? Le reste important si peu quand on sait que les gisants ne reviennent jamais par la porte d'entrée. Lazare de Béthanie étant une exception à la règle.

Il était là le mystère entourant cette mort si sournoise et violente. Quelqu'un savait et, tel le Corbeau, avait envoyé cette lettre à l'anonymat préservé.

Le lendemain, l'équipe du bureau prit place aux machines à écrire à huit heures pétantes. Pas un regard franc, pas un bonjour généreux pour débuter cette longue journée, pas même le parfum d'une tasse de café. Ce professionnalisme indiquait à quel point la mission pour laquelle on leur versait leurs émoluments était plus que vitale.

Ignorants d'eux-mêmes, le chômage les aurait conduits au plus profond de leur déchéance. Que seraient-ils devenus ? A ce stade, il est impossible de le savoir. Nous ne pouvons que supputer. Rien d'autre.

Aussi se mirent-ils à la tâche sans broncher.

N'ayant toujours pas digéré la venue de Bernardo, Bernadette tentait de contenir son reflux gastrique qui ne faisait que s'amplifier à la vue du bonhomme. Et difficile de l'éviter puisqu'il était placé pile face à elle ! Même si elle baissait les yeux pour ne jamais le voir, elle ressentait avec une force démesurée la présence de l'usurpateur désigné.

Sa seule envie était de déverser tout l'acide chlorhydrique qui remontait sournoisement de son estomac pour le cracher discrètement sur la prothèse de Bernardo afin qu'elle fondît. La prothèse en moins, il ne pourrait plus venir travailler.

Voilà comment fonctionnait Bernadette ! Jamais un mot plus haut que l'autre, jamais un cheveu mal rangé, jamais un seul retard, mais toujours, collé à sa lèvre inférieure, un rictus de dégoût qui ne pouvait que mettre mal à l'aise la personne à qui elle s'adressait techniquement.

Elle commença un long rapport de mise en bière, et se contenta de contenir son reflux.

Derrière un dossier factice, Joyce s'était mise à la comptabilité. Cette année, son mari venait de lui rapporter 33 600 euros, soit 650 euros de plus que l'an dernier ! La Direction des Affaires Hygiéniques et Sociables payait le loyer et les exonérait des charges locatives. L'impôt ne leur demandait qu'une somme annuelle ridicule de cinquante euros. Même si elle pinçait du nez en faisant son chèque, elle adressait toujours un petit mot à la Direction Générale des Impôts pour leur souhaiter un très joyeux Noël. Quant à son salaire mensuel associé aux primes de rendement, il s'élevait à 1867 euros.

Aussi, ce couple recevait-il une manne annuelle en net de 56 004 euros. Le mari de Joyce ne nécessitait d'aucune dépense annexe puisque, là aussi, la Sécurité Sociable couvrait tous les frais de santé. Comme il ne produisait plus un seul mouvement volontaire, un simple drap en coton lui servait de vêtement qui le recouvrait des pieds au menton. Les économies se voulaient être des plus conséquentes. Coutait-il cher en nourriture ? Que nenni ! Avait-il de quelconques besoins ? Absolument pas.

On comprend mieux pourquoi Joyce tenait tant à son mari, même si le fil de bave était pour elle une véritable corvée qui coupait systématiquement tout lien amoureux. Mais l'avait-elle aimé un jour ? L'histoire ne le spécifie pas.

Satisfaite d'avoir vérifié que leur flamme fonctionnait à merveille, elle attrapa un nouveau rapport qui allait occuper toute sa journée.

Elle se mit à rêver d'un bon rouleau de printemps.

Monique, Bernardo et Gérard n'étaient pas en forme ce jour-là. Ils avaient eu vent de la mise en examen de leur patron, mais ignoraient tout de l'intrigue. Bien sûr, leurs petites mines n'avaient rien à voir avec le souci patronal. On peut s'en douter. Peut-être faut-il plutôt rendre responsables les perturbations liées aux cycles lunaires ou les dernières révélations que l'horoscope proposait. Là aussi, difficile de répondre.

Aimaient-ils leurs dirigeants ? Absolument pas ! Les détestaient-ils alors ? Pas plus. Ils étaient là, et rien d'autre. D'ailleurs, pourquoi auraient-ils eu une quelconque empathie pour leur employeur qui, jamais, ne leur avait donné la moindre médaille pour le travail effectué. Pour eux, la tâche à laquelle ils étaient affectés devaient être parfaitement exécutée. Personne ne devait leur reprocher quoi que ce soit.

Leur paix en dépendait.

Ce qu'ils ne disaient à personne (nous incluons également Joyce et Bernadette) était cette sorte de sérénité qui s'insinuait en eux chaque fois qu'un rapport était terminé. Un être partait de cette terre pour ne plus jamais y revenir.

Ils pouvaient à nouveau respirer.

Monique regardait, silencieuse, la cuticule de ses ongles. Sa manucure faite de huit jours n'avait pas bougé. Ravie de constater que soulever de la fonte à longueur de semaine n'altérait en rien son apparence digitale, elle s'autorisa un vague rictus. Cependant, pour qui la voyait pour la première fois, les cuticules passaient très largement au second plan tant la largeur des muscles dorsaux en imposait. Et ne parlons pas de ses quadriceps. Non pas qu'elle fût passablement difforme, mais plutôt d'un genre massif, un peu à l'image des anciennes nageuses de la République Démocratique Allemande, époque du temps d'avant le mur de Berlin (les veaux aux hormones sont nés juste après cette période, tant le pouvoir des anabolisants s'avéraient infiniment efficace.)

Se croire élégante lui permettait d'espérer qu'un jour un homme des plus séduisants l'inviterait dans un Flunch ou un Hippopotamus. Une histoire qui se terminerait forcément dans un élégant hôtel une étoile. Quant à l'homme qui ferait le pas, elle l'espérait muet tant elle savait qu'un jour il l'appellerait inéluctablement par son prénom. L'idée d'un Moniiiiiique dit sur une fin de râle la terrorisait toujours autant.

Cette crainte lui fit se contracter les muscles dorsaux, ce qui provoqua un petit déchirement du tissu juste en regard des omoplates. Elle ne montra rien à personne tant elle savait que les moqueries silencieuses s'abattraient sur elle en moins de deux.

Elle eut à ce moment précis comme des envies de meurtre !

En soi, cette idée n'avait aucune formulation dans sa tête car ce n'était que sentiment des plus profondément enfouis. Déjà, enfant, elle voulait se débarrasser de ses camarades de classes qui ne cessaient de l'embêter à longueur de journée (nous aurons l'occasion d'y revenir). Elle se savait différente des autres car se pensait nettement supérieure. Pas forcément en intelligence, mais indubitablement en grâce ! Et cette grâce, elle avait pris soin de la développer dans cette salle de sport à longueur de soirées.

Représentante d'un certain modèle de réussite féminine, elle ne comprenait toujours pas pourquoi les hommes la fuyaient. Peut-être parce que l'intérieur de ses cuisses se touchait tellement qu'elle pouvait, d'une simple contraction, couper des noix en deux. Idem pour ses fessiers.

A ses yeux, les hommes n'étaient que des ingrats qu'il faudrait un jour réduire au silence !

Brusquement des policiers entrèrent dans la salle où les cinq se trouvaient concentrés. Trois hommes d'allure athlétique portaient un bandeau rouge autour du biceps pour spécifier que cette présence n'était en rien une plaisanterie de très mauvais goût. Monique fut tellement surprise qu'elle en craqua davantage son chemisier.

Le premier des hommes avança vers elle : son chemisier était désormais bon pour la poubelle. Telle une publicité tournée au ralenti (genre shampoing L'Oréal), l'homme de l'ordre eut un brusque mouvement de recul tant il comprit que face à Monique, il ne faisait pas le poids. Se sentant dépossédé de sa virilité, il se contenta de remettre sa mèche en place et rejoignit le centre de la pièce.

Pour Bernadette, Joyce, et Gérard, la présence des forces de l'ordre ne leur faisait ni chaud ni froid puisque leur mode de fonctionnement s'était arrangé pour supprimer tout le superflu touchant à l'affectif. Ils se contentèrent, polis, mais sans plus, de lever la tête et d'arrêter d'écrire.

Quant à Bernardo, il fut pris d'une sorte de panique sans en donner le change car dans sa tête il était persuadé que les autorités françaises se trouvaient là pour le renvoyer à Porto.

Sa mère, petit, ne lui avait-elle pas cimenté dans le ciboulot que s'il voulait devenir un homme, il fallait d'abord qu'il se mette aux azuléjos ?

Son moignon stressé appuya tellement sur la tige en fer qu'elle finit par se tordre. Vasco de Gama pouvait être fier de sa descendance.

Ne sachant pas vraiment comment aborder le sujet, les policiers se regardèrent un instant avant de lancer l'assaut. Par assaut, il faut entendre échange verbal comportant au minimum sujet, verbe et complément. Ici, ce n'était pas tout à fait aussi simple, car les agents assermentés n'avaient jamais été formés à aborder ce genre de personnages si singuliers.

Un malaise sans nom venait de s'installer dans la pièce.

Alors que Bernadette remettait en place son serre-tête en velours bleu marine, son estomac, lui, faisait remonter une quantité considérable d'acide chlorhydrique quelque peu aromatisé. Les forces de l'ordre auraient pu supputer la possibilité d'une attaque à l'arme chimique tant le potentiel corrosif semblait intense. Cependant, ils se sentirent vite ridicules lorsqu'ils virent s'échapper de sa bouche un léger rot qui finit par planer dans la pièce.

Leur peau en devint irritée.

Réfugié dans l'un de ses épisodes qu'il affectionnait tant, Gérard se repassait mentalement la dernière saison de la Chasse au sanglier en Sologne en regardant fixement les policiers. Sans comprendre pourquoi, ces derniers eurent la fâcheuse sensation de se sentir gibier.

Le piège se refermait inéluctablement.

Quand Joyce fit le tour de chacun d'entre eux, elle ne put s'empêcher d'ancrer son regard sur l'un des hommes. L'asiatique d'une trentaine d'années ne sut à quel sein se vouer car il ressentit en lui l'inexorable sensation de n'être plus qu'un rouleau de printemps qui finirait dévoré sur la place publique. Il perdit toute contenance et se sentit obligé de prendre une grande bouffée d'oxygène.

Le plus gradé finit par se ressaisir et réussit tant bien que mal à énoncer l'objet de leur présence dans la pièce. L'enquête concernant Charles De La Bonbonnière n'avait pas révélé l'identité du Corbeau. Et sans les aveux de ce dernier, il serait difficile de le laisser derrière les barreaux.

Les cinq n'eurent aucune réaction à cette déclaration ! Savaient-ils quelque chose qu'ils ne souhaitaient surtout pas révéler aux forces de l'ordre ? Protégeaient-ils Charles ?

Ayant l'impression de s'être adressés à des êtres d'un genre plutôt déficient, les policiers, dépités, prirent congé.

Reprenant leurs machines à écrire, les cinq ne firent aucun commentaire.

Charles De La Bonbonnière pouvait bien pourrir en prison.

Au soir, nos cinq secrétaires repartirent sans un au revoir dans leurs cocons chaleureux. Arrivés chez eux, il se contentèrent de vaquer à leurs préoccupations préférées. Personne ne peut savoir au juste qu'elles pouvaient être ces activités puisque, pour chacun d'entre eux, pas une âme n'avait eu le privilège d'entrer dans leurs appartements. Une énigme qu'il faudrait un jour résoudre car elle apporterait un vrai complément à l'œuvre quasi romanesque de Claude Levy Strauss.

Atout pique aux tropiques conte topique typique pourrait bien s'appliquer à ces êtres singuliers qui ne souhaitaient qu'une seule chose : n'être emmerdés par personne !

D'ailleurs, ils avaient déjà oublié qu'on recherchait un corbeau et que leur patron passait un bien sale quart d'heure en prison. Voire très sale !

Bref, nous n'en saurons pas plus sur les us et coutumes de ces êtres. Et tant que les portes resteront fermées, nous ne pourrons que supputer.

Se pourrait-il qu'ils écoutent dans le plus grand secret des sonates de Chopin jouées par la jeune Martha Argerich ?

Ce serait leur attribuer une âme !

A vingt-heures, une drôle de nouvelle tomba sur l'écran de leurs passions : le présentateur télé annonçait trois cas avérés de Covid 19 en France. L'épidémie se mettaient lentement en place. Quelle épidémie au juste ? Personne n'en avait la moindre idée.

La ministre de la Santé assura que le virus se trouvait à des milliers de kilomètres et que pour passer les frontières, il lui fallait un permis de séjour, ce que les autorités françaises n'avaient pas délivré. Ces trois cas n'étant qu'un épiphénomène sans conséquence. Un coupable à l'origine de la transmission virale fut désigné d'office. Il s'agissait d'une drôle de bestiole dont personne n'avait jamais entendu causer, ou presque !

Les cinq ne comprirent pas comment le pangolin, animal sans dent et quelque peu fantasque, avait fait le voyage de Wuhan vers l'hexagone ! Seule Joyce eut une petite extrasystole lorsqu'elle comprit que ce fameux covid provenait du pays des nems croustillants. Elle se pourlécha discrètement les babines. Les autres n'eurent aucune réaction, hormis celle d'avoir intégré l'information d'une manière invisible. Ils surent, en leur for intérieur, qu'un drame s'installait subrepticement.

Le pangolin répandait la terreur !

Gérard se jeta sur son encyclopédie afin de vérifier l'existence de ce qu'il supputait être un authentique mammifère. Les faits s'avéraient : la bestiole existait bel et bien. Plutôt moche et sans dent, le pangolin évoquait l'aspect d'un tapir dont la seule fonction en ce monde est de gober des fourmis. Il partit plus loin dans ses recherches et s'aperçu que Pierre Desproges avait, plusieurs années avant, demandé pardon à la bête pour les moqueries qu'elle avait eue à subir. Quant à Lao Tseu, visionnaire s'il en est, il avait écrit en l'an 500 avant la venue de JC cet ouvrage laissé à l'abandon : Pangolin au souper, confiné à l'année ! Forcément, il devait savoir quelque chose de l'intrigue.

Un complot mondial s'insinuait furtivement et finirait par coloniser les esprits.

Lorsqu'il releva la tête, il fit une sorte de parallèle entre le tarin du pangolin et celui de Monique. En effet, son nez était long et fin, chose qu'il n'avait jamais remarqué auparavant. A quoi pouvait lui servir de posséder un tel appendice ? Il n'en eu pas la moindre idée. Bouffait-elle des fourmis ? Il ne sut qu'en conclure.

Par contre, la ressemblance, elle, était bien là. Gérard ne se rendit pas au-delà de cette stupéfiante surprise mais les faits parlaient d'eux-mêmes : le pangolin ressemblait à Monique.

Et s'il leur apparence était quasi identique, alors Gérard devait se méfier de sa collègue.

Allait-elle à son tour devenir virale ?

La journée se déroula comme une lettre à la poste. C'est-à-dire comme si de rien n'était. Charles logeait désormais dans son six mètres carrés et la justice n'était pas prête à le libérer, même si son bronzage quasi éternel avait quelque peu tendance à blanchir sous les néons grésillants. Il clamait son innocence à des durs à cuire qui se foutaient royalement de ses crises de nerfs que des petits cris aigus ponctuaient.

Eux, les colocataires, avaient déjà découpé un bon nombre de tranches dans le vif des sujets non scrupuleux de rembourser leurs dettes. Non pas qu'ils fussent méchants : juste psychopathes pour la plupart d'entre eux.

L'empathie n'étant pas leur qualité première, Charles aurait bien le temps de goûter à ces raffinements qu'autorisait l'absence de lobes frontaux.

Déjà dix jours qu'il pourrissait dans cette piaule dont l'odeur de chacal avait tendance à lui chavirer l'estomac. Entre transpiration aigre des aisselles, haleines fétides et fumet des chaussettes collées aux pieds, il lui était difficile de faire des cycles respiratoires complets. La plupart du temps, il se contentait de retenir sa respiration tant il était convaincu que ces fragrances d'un ordre nouveau partiraient coloniser l'intérieur de son corps. Sur ce fait, il avait parfaitement raison tellement la puanteur du lieu en imposait.

Cependant, vivre sans respirer ne lui était toujours pas permis puisque n'appartenant pas au monde minéral. Aussi, quasi asphyxié, prit-il une grande respiration pour palier l'anoxie qui le menaçait en permanence, et partit vomir derechef. Ceci devint vite une habitude. Nous ne parlons pas pour l'instant d'un art de vivre, puisque nous ne connaissons pas la suite des événements.

Malheureusement pour Charles, garçon plutôt nerveux, ce sentiment véritable que la puanteur se déposait sur son épiderme devint une réalité qu'il ne pouvait plus mettre de côté. Il n'avait qu'à passer l'index sur son visage pour constater, avec horreur, l'amoncellement des couches nauséabondes.

Aussi, découvrit-il avec quelques regrets la salle dédiées aux ablutions collectives ! Ce fut à reculons qu'il s'y rendit.

Si le lieu sentait bon le savon citronné, il dut, eu égard aux us et coutumes qu'une telle maison prônait, subir les camouflets de ses compagnons d'infortune qui voyaient en lui un très bel avenir. Et ne pas s'y soumettre les eût fâchés pour des siècles et des siècles : le directeur des pompes funèbres tenant encore un peu à la vie.

Savonné au plus profond de ses fondations, il repartit directement dans sa cellule en se demandant s'il n'était pas temps de se dénoncer aux forces de l'ordre. Dilemme des plus embarrassants quand on sait qu'un magot de plus de deux millions d'euros l'attendait à sa sortie.

Fort de cette lucidité nouvelle, il fit fi de son honneur et considéra qu'il fallait mieux se soumettre à l'action du savon plutôt que perdre une fortune conséquente.

Il partit une nouvelle fois vomir en retenant sa respiration.

Loin de cette cellule passablement fétide, l'épidémie virale commençait à faire sérieusement parler d'elle, notamment en Italie. Au pays des spaghettis bolognaises et de la pizza quatre fromages, le pangolin semblait également s'être invité à table, contaminant massivement la population.

La chine venait de barricader ses frontières et tous les Chinois de Wuhan furent enfermés à triple tours dans leurs habitations. Au moins, ils évitèrent les contagions abusives. Le Parti communiste ultra libéral pouvait être fier de cette décision qui ne tolérait aucun commentaire. Seuls furent enregistrés au pays de la Cité Interdite, trois ou quatre morts, pas davantage.

De plus, on savait que le virus ne s'était pas échappé du laboratoire de virologie P4 également implanté là où le pangolin logeait. Wuhan devenait le centre de tous les regards : le monde pouvait dormir sur ses deux oreilles. La France, partenaire discret, restait fière de ses installations infaillibles vendues à des centaines de millions d'euros.

D'où pouvait bien sortir ledit virus ? Les savants locaux allèrent dénicher les véritables coupables à quelques 1200 km de cette ville. Les chiroptères, ou plus simplement les chauve-souris, furent désignés coupables primaires de l'épidémie. Cependant, personne ne compris comment le pangolin - bestiole plutôt apathique et très peu athlétique - avait parcouru autant de kilomètres aller-retour, et quel pouvait bien être son but.

Il bouffait des fourmis, pas des chauve-souris ! C'était à n'y rien comprendre.

Avait-il dans l'idée de troubler la marche du monde en y mettant un désordre incroyable qui ferait bientôt plus de dégâts que la crise des subprimes de 2008 ?

Malheureusement, plus personne ne pouvait répondre à cette fascinante interrogation puisque le présumé coupable (nous parlons du pangolin) venait de terminer en tranches fines à des fins d'analyses ! Analyses qui, soit dit en passant, ne furent jamais rendues publiques.

Le virus couronné, lui, se foutait royalement des barrières qu'on tentait désespérément de lui mettre dans les pattes. Ce qu'il préférait, c'était prendre l'avion pour aller faire la bise à l'ensemble du genre humain.

Il élu rapidement domicile en France. D'abord dans l'Est, puis dans la capitale.

Dans le bureau, les cinq n'avaient pas arrêté leurs activités puisque leur rôle princeps consistait à taper des rapports de mise en bière. Et rien d'autre !

Déjà trois semaines que les infos martelaient les précautions à prendre pour éviter de se faire contaminer. Les réanimations commençaient à manquer de place et les décès explosaient en suivant les règles de l'exponentialité. Aucune thérapeutique n'existait : tous attendant le fameux vaccin 'français' qui allait leur éviter le pire. Sauf les antivax qui, bien sûr, ne savaient pas encore qu'ils seraient viscéralement des antivax dans le futur et finiraient dans les services de réanimation pour partir les pieds devant.

Que savaient nos scribouillards de cette vilaine crise sanitaire qui commençait à paralyser le monde entier ? A vrai dire, pas grand-chose.

Voisin voisine n'en faisait jamais mention. Dans ce cas, comment Gérard aurait-il pu savoir le fin mot de l'affaire ? De plus, les sangliers de la Chasse en Sologne ne faisaient pas partie des sujets à risque. Alors, à quoi bon se faire du souci !

Quant à Bernardo, son français approximatif ne lui permettait pas de saisir les nuances que la langue de Voltaire offrait. Il savait juste que lé virouch chircoulait mais n'en chavait guère davantache. Son accent de porto faisant pouffer allègrement, il faisait tout pour ne jamais interroger ses congénères. Avoir la tige en fer dans la chaussure lui suffisait amplement. Inutile dans ce cas de se poser tout un tas de questions qui l'auraient mis plus bas que terre.

Bernadette, toujours aussi gênée par son reflux, se demandait combien de temps son œsophage allait encore tenir le coup. Cette question l'obsédait même si elle se refusait d'en parler autour d'elle, et surtout pas à son médecin traitant qui, de toute manière, n'était qu'un incompétent notoire. Elle savait qu'un jour il y aurait rupture du tuyau et que sa fin était comptée. D'ailleurs, elle possédait un agenda sur lequel se trouvait noté le nombre de jours qui s'étaient écoulés depuis la découverte de ces remontées acidulées qu'elle refusait de traiter. On pouvait lire 14 965 journées d'acidité non-stop. Ayant 53ans, il est aisé d'en déduire le début du trouble.

Aussi, à l'âge de 12 ans fit-elle le premier rot ultra acide alors qu'elle sortait de la messe avec sa mère. En premier lieu, elle pensa que l'hostie devait être périmée. Elle n'alla pas au-delà de cette constatation primaire : les voies du Seigneur étant, nous le savons tous, des plus imperméables. Mieux valait garder le reflux. Ce qu'elle fit.

Quant à Monique et Joyce, elles ne comprenaient pas tout de la situation puisque totalement absorbées par leurs préoccupations princeps. Pour l'une la fonte ; pour l'autre les saveurs asiatiques. Cependant, la seule chose qui tracassait sérieusement Joyce touchait à la santé de son mari chez qui le filet de bave ne s'arrangeait pas. Elle devait absolument le protéger de ce virus car, fragile comme il était, le sapin l'accueillerait bien vite en cas de contagion. Et de ça, il en était hors de question car elle perdrait, de fait, la rente confortable que lui versait la Direction des Affaires Hygiéniques et Sociables.

Aussi, afin de le préserver de toute intrusion virale, elle n'hésita pas à humecter le drap de coton qui le recouvrait d'une solution antiseptique constituée à quatre-vingts pour cent de Synthol, dix pour cent d'eau de javel, et dix autres pour cent d'huiles essentielles. Le mari de Joyce, pour survivre à l'épidémie, devait accepter ces quelques petits désagréments : en tête, le picotement des yeux !

Pour Monique, inutile d'insister puisque nous ne serons jamais ce qui se passe réellement dans sa tête. La fonte, pour sa survie, ayant aboli toute forme de pensée. Finalement, c'était peut-être mieux ainsi. Que serait-elle devenue si la petite voix intérieure évoluant sur un mode quasi autonome n'avait eu aucun dérivatif (ici la fonte et le muscle à outrance) ? Probablement qu'elle se fût retrouvée dans l'un de ces charmants instituts de santé mentale, apathique et rendue bouffie par les médicaments servant à déconnecter le cerveau du reste de tout. Mais voilà, la fonte l'avait sauvée ! Remercions vivement les aciéries, et beaucoup les fabricants de protéines en poudre.

Vu sous cet angle, le fameux Covid ne pouvait pas avoir la moindre emprise sur ces êtres soucieux de donner le meilleur d'eux-mêmes.

Charles De La Bonbonnière ne cessait de gémir dans ses appartements ! Laissons-le se débattre avec toutes ces coquetteries de bas étages. Car s'il avait été moins maniéré, il est à parier qu'il aurait adoré son nouveau lieu de vie. Devenir la star de la salle des ablutions aurait dû flatter son égo, surtout quand Gégé lui donnait de bonnes claques sur les fesses ! Mais peut-être que ledit Gégé n'y allait pas de main morte, lui qui, de colère, avait déjà zigouillé cinq malheureux innocents. Charles, qui connaissait les faits, accepta sans brocher la petite claque fessière et ne fit aucun commentaire moralisateur. Il irait vomir plus tard.

Remercions sa grand-mère Lola qui l'avait si bien élevé puisque sa mère, alors qu'il avait à peine cinq ans, s'était permise, et sans aucun scrupule, de l'abandonner pour aller refaire sa vie avec un quelconque guignol plein aux as. Elle ne donna plus jamais de ses nouvelles.

Aussi, Charles grandit-il aux côtés d'un père mystique dépressif et d'une grand-mère diabétique quelque peu fantasque (à l'instar du pangolin.) Vivre dans les beaux quartiers de la capitale, lui disait Lola, compensait grandement la perte de sa mère qui, de toute manière, n'était qu'une pure andouille ! Et le mot andouille est bien faible comparé à sa pensée véritable… Son amour pour la bru étant infini. Contrainte et forcée par l'autre, elle fut en charge de l'éducation de Charles.

En avait-elle été ravie ? Ab-so-lu-ment pas ! Surtout qu'elle devait aussi gérer les dépressions itératives de son fils, ses injections d'insuline trois fois par jour, la comptabilité de l'entreprise croque-moresque (ses part, jadis, étant de soixante-dix pour cent), et s'occuper de l'amour de sa vie : le fameux dogue allemand de quatre-vingts kilos qui bouffait comme quatre, gueulait la nuit, et lui servait, nous l'avons dit, de désinfectant aux points d'injections. Tant pis pour les abcès ! Lola n'étant pas du genre maniérée comme ce con de gosse qui traînait dans ses pattes à longueur de journée.

Bref, difficile de s'en débarrasser. A l'époque, elle ne désespérait pas de le savoir un jour égaré au fond d'une forêt immense et désertique. Mais jamais, pour son malheur, elle ne réussit à le perdre.

Pangolito ne cessait de faire parler de lui, surtout dans les milieux spécialisés de la réanimation. Les clients arrivaient désormais par vagues. L'Est était saturé, les autres villes ne tarderaient pas à l'être. Mais que faire contre ce virus totalement inconnu qui vous prenait à la gorge, puis s'installait confortablement dans les deux poumons empêchant tout passage de l'oxygène. Les gens passaient du nez qui coule au tuyau pour respirer. La suite se finissant les pieds devant.

Jamais une telle situation n'avait eu lieu dans ces pays pourtant à la pointe du progrès. Bien sûr, l'épidémie de grippe espagnole survenue entre mille neuf cent dix-huit et mille neuf cent dix-neuf trottait dans l'esprit des gens avec son nombre ahurissant de morts estimé à quelques cinquante millions. Ce furent les Espagnols qui déclarèrent officiellement l'épidémie, d'où son petit nom, mais l'origine de celle-ci se trouvait certainement en Chine, avant de passer aux États-Unis. Malheureusement, personne ne put incriminer notre ami le pangolin puisque les médias n'étaient pas encore développés. Faut-il le regretter ?

La France éternelle, via ses ministères, gérait d'une main de maître l'épidémie. Nous savions que le port du masque n'était pas obligatoire, ce qui nous permettait de respirer profondément les miasmes virales des autres. Couic. Les stocks étant périmés, ou épuisés, il devint inutile de se lancer dans ces achats de grande ampleur qui, il faut bien l'avouer, étaient plus que surfaits. Les ministères étant bien ordonnés, et surtout bien avisés.

Un simple bout de tissu bariolé suffirait à se protéger, du moment que ledit tissu recouvrît la bouche et le nez. La France devint un immense mouchoir coloré, et chacun y allant de sa propre création en la matière. Le partage des glaviaux mortels se faisant désormais la fleur au fusil.

Les hôpitaux commençaient sérieusement à manquer d'air.

L'atmosphère du bureau n'avait pas changé d'un iota. C'est dire comme la constance leur seyait à merveilles. Les mauvaises langues eussent dit l'aliénation. Force est de constater, constance ou aliénation oblige, que les cinq se retrouvaient dans ce bureau à faire la même activité : en l'occurrence, taper les rapports de mise en bière. Et en la matière, personne ne les surpassait. Bien sûr, leur talent ne leur avait pas valu la moindre augmentation. Ni même un petit remerciement. Avaient-ils seulement conscience qu'on les exploitait sans le moindre scrupule ? Pas sûr. Après tout, le poste qu'ils occupaient, ils le devaient à la Direction des Affaires Hygiéniques et Sociables ! Sans elle, ils se fussent assurément retrouvés chômeurs de longue date.

Comment en étaient-ils arrivés à cette noble et charitable institution ? L'histoire a du mal à le spécifier de façon claire et nette. Pour Bernardo, il n'est pas très compliqué de le deviner puisqu'avoir une tige en fer en lieu et place de cet ensemble constitué d'une jambe, d'une cheville et d'un pied ne lui aurait jamais permis de devenir pilote de formule-1. Et comme il avèch beaucoup de mal à s'echprimèch, mieux valait qu'il la fermech, tout en se laissant porter par cette généreuse maison qui se chargeait de tout, surtout de son insertion via le monde du travail. A défaut de faire du ciment pour y coller des azulejos, la machine à écrire compensait cette tare, au grand dam de sa mère qui avait fini par le prendre pour une lopette : la honte de tout Porto. On ne se refait pas.

Pour Monique, le placement n'était pas, non plus, vraiment difficile à saisir : une scolarité des plus calamiteuses l'ayant directement conduite à cette prise en charge par les tutelles. Ressembler à une lanceuse de javelot ou de marteau (précédemment nous parlions de nageuses, ça fonctionne aussi) de l'ancienne République Démocratique d'Allemagne à seize ans n'étant pas du meilleur goût ! Son destin, par contre, aurait assurément été autre si le mur de Berlin avait eu la bonne idée de rester en place. A coup sûr, une médaille olympique lui fut attribuée d'office. Mais bon... Pour mettre en sourdine la petite voix qui la taraudait sans cesse, une chance pour elle qu'elle se soit mise à la musculation et à la teinture du capillaire en blond. La machine à écrire ayant également la fonction d'annihiler toute forme de pensée annexe.

Pour les trois autres, on pouvait difficilement l'expliquer. Car une Joyce, une Bernadette ou un Gérard paraissaient plutôt bien implantés dans l'univers de tous les jours, à condition qu'on ne gratte pas trop.

Bernadette n'aimait pas les gens moins blancs que blancs : rien que de très classique en ce monde actuel. Et tous les dimanches, elle participait à la messe en latin puis donnait, le samedi, des cours de catéchisme aux enfants bien sages de sa banlieue. Pas de quoi fouetter un chat : frappiste lui allait tellement bien. Aussi pouvait-elle déverser toute sa haine non digérée au travers de ces rapports de mise en bière qui n'en finissaient pas de s'accumuler.

Joyce possédait une âme des plus pures puisqu'elle s'occupait généreusement de son mari. Même si, en l'état, il ne servait strictement à rien couché sous son drap - sauf d'être un excellent placement - jamais elle ne lui avait demandé de prendre la porte et d'aller voir ailleurs si maman s'y trouvait. Aussi, fallait-il bien qu'elle trouvât un dérivatif à son âme immaculée, ne désirant pas terminer grande dépressive et bavant d'ennui à son tour.

La transmutation du nem en rouleau de printemps devint son chemin de bataille. Pas un seul jour, elle n'oubliait d'aller faire ses courses dans le quartier chinois. Elle connaissait tous les parfums du coin : une façon bien à elle de supporter sa vie de couple en berne.

Il est fort à parier que la Direction des Affaires Hygiéniques et Sociables lui ait proposé ce job suite à l'accident dudit mari puisqu'à l'époque, elle connaissait le directeur adjoint : un asiatique des plus croustillants.

Ne soyons pas mauvaise langue !

Quant à Gérard, mystère le plus total. Rien ne permet de dire quoi que ce soit sur sa personnalité. Il s'agit juste d'un être emmerdant, disgracieux, phobique, constipé, insomniaque, fan de Voisin voisine et de la Chasse au sanglier en Sologne. Rien d'autre. Et ne s'inscrivant dans aucune lignée qui nous permettrait d'en faire un portrait honorable, tant les références psycho-sociale, et même anthropologiques, sont inexistantes. Le connaitre ne fait rêver personne, l'évoquer est impossible puisque aussi taciturne qu'un cimetière en plein mois de novembre. Avait-il simplement des désirs, de quelconques passe-temps ? Sans doute, sinon jamais il ne se serait inscrit sur ce site de rencontre qui l'avait plumé de cent cinquante euros.

Mais quelle idée de s'appeler Gérard ! Avec un prénom pareil, possible qu'il ait, de désespoir, frappé à la Direction des Affaires Hygiéniques et Sociables pour ne pas se suicider. Attention, il ne s'agit que d'une hypothèse, rien d'autre. Vu le personnage, d'autres pistes pourraient être envisagées… Peut-être en serons-nous d'avantage le texte avançant.

Bref, nous ne sommes pas plus avancés dans l'études des caractères de ces êtres singuliers. Laissons-les frapper puisqu'ils sont passés maîtres en la matière.

Lola était quelque peu nostalgique. Elle ne pensait surtout pas à sa vie de famille puisque pour elle, cette phase de construction sociale (foyer, amour, enfant et autres niaiseries) l'avait emmerdée au plus haut point. Avoir un fils dépressif n'avait pas arrangé les relations qu'elle avait eues avec lui. Ce mollusque chialant, sorte de plaie vivante qui lui avait collé aux pattes ces si longues années de vie, la faisait carrément gerber. Et le mot est faible ! Le pire, c'est qu'il s'était amouraché de l'écervelée et était parvenu à lui faire un gosse : ledit Charles, autre monstruosité de la nature. Comment avait-il réussi cet exploit copulatoire ? Mystère des plus inconcevables tant le Xanax et autre Lexomil inondaient au quotidien les neurones dudit géniteur.

Non, ce qui la rendait nostalgique se rattachait à tout le blé qu'elle avait encaissé les années passées. Ce pognon de dingue, elle le ressentait, le humait, s'imprégnait de son souvenir si précieux jusqu'à la faire chavirer de plaisir. Nostalgique aussi car, depuis que Charles était devenu le gérant de la boîte, ses dividendes n'avaient eu de cesse de s'amenuiser comme peau de chagrin. Assurément, un incapable qui ne tarderait pas à faire couler l'entreprise. Elle se consolait en se disant qu'avec son fils en moins, elle faisait des économies conséquentes.

Quand elle eut vent de l'enquête concernant le décès du beuglant, elle demeura sans la moindre réaction. Du moins, les premiers jours. Elle respirait surtout le confort de son nouvel espace qui ne sentait plus l'encens et les eaux bénites venues du monde entier en colissimo. Par contre, ce qui lui fit tilter les oreilles fut de recevoir, sous pli recommandé, les conclusions de l'autopsie : mort par injection massive d'insuline. Hum Hum, se dit-elle ! (Oui, Lola aimait user et abuser des onomatopées qui, en l'état, ne disaient pas grand-chose de plus.)

S'extrayant de son fauteuil, elle partit compter les flacons d'insuline bien sagement rangés dans son armoire à pharmacie. Ah Ah… ! (c'est Lola qui parle.) Effectivement trois fioles manquaient à l'effectif. Brutus les avaient-il dérobées ? Regardant son clébard venant de faire tomber de ses babines l'équivalent d'un seau de bave, elle comprit qu'il ne pouvait être responsable d'un tel larcin. Il était tellement mignon du haut de ses un mètre quatre-vingt-dix une fois dressé sur les deux pattes arrière. Se précipitant sur lui pour le féliciter d'être un bon toutou à sa mémère, elle se prit sur le visage une centaine de coups de langues toutes plus humides les unes que les autres.

Assurément, les flacons d'insuline avaient dû être volés par quelqu'un de son entourage immédiat. Elle ne tarderait pas à démasquer le lascar.

Grrrrr… Grrrrr… ! Cette expression voulait tout dire.

Vingt-heures trente pétantes, un nouveau genre de croque-mort débarqua sur les écrans. Il s'agissait du Directeur Général de la Santé Publico-Pudique. Cet homme de grand savoir déroulait les chiffres qu'offrait l'épidémie, devenue depuis peu pandémie. Histogrammes, courbes diverses et variées, camemberts, tests statistiques, comparaison avec les autres pays : tout y passait sans le moindre tabou car il fallait bien informer les péquins de la réalité des faits.

Aussi, comprenaient-ils mieux pourquoi leurs voisins de palier n'ouvraient plus la porte lorsqu'ils sonnaient pour quémander du sucre. Ledit voisin se trouvant, désormais, insérés dans les camemberts quotidiens.

Le ton taciturne de ce compteur contant les effets du virus lui allait très bien : on ne pouvait garder qu'espoir en avalant ses paroles. Huit cent vingt-trois décès aujourd'hui, soit douze pour cent de plus qu'hier ! disait-il aussi froidement que s'il avait dévoré un sandwich jambon-beurre. Et tous les jours les chiffres s'envolaient, laissant les Français tenaillés entre deux possibilités. Soit mourir étouffés malgré le port du mouchoir coloré sur le nez, soit se terrer à l'intérieurs des habitations et ne plus en sortir.

Ils n'eurent pas à choisir : l'État imposa le confinement pour le bien-être et la santé mentale de tous. Bien sûr, un délai de soixante-douze heures fut accordé à la population avant le verrouillage à l'intérieur des habitations. Ils profitèrent de ces derniers instants pour aller faire des réserves dans les grandes surfaces qui, bientôt, pleureraient la chute drastique de leurs chiffres d'affaires.

Chose curieuse, les Français, héritiers du siècle des Lumières, se jetèrent sur les rouleaux de papier cul pour en faire des stocks ! Pas sur les livres ou sur des jeux de société, ni autres objets à vocation culturelle. Non, juste le papier cul. Cet objet multi-feuilleté devint, après la mort potentielle, la principale préoccupation de près de soixante-sept millions d'habitants.

Nos cinq secrétaires, lorsqu'ils apprirent qu'ils allaient se retrouver cadenassés chez eux pour une durée d'un mois, ne surent que faire de cette information. D'ailleurs, ils ne comprirent pas le sens du mot confinement, du moins dans sa représentation mentale. Aurait-il pu en être autrement ? Par chance, leur stupéfaction ne dura pas bien longtemps : le ciel semblant les avoir pris sous ses ailes. (Bon, là, faut pas rêver quand même : les petits protégés de la Direction des Affaires Hygiéniques et Sociables ne faisant pas vraiment partie des préoccupations princeps de l'Haut-Delà.)

Ils se rendirent sans broncher à leur poste de travail et découvrirent qu'une lettre de dérogation les attendait. L'État refusait de les soumettre au confinement. Leur tâche se voulait donc indispensable au bon déroulement des activités mortuaires nationales : les rapports de mise en bière s'accélérant sur un rythme démesuré ! Aussitôt rassurés de voir l'importante place qu'ils occupaient au sein de la société, ils se jetèrent avec avidité sur ces nouveaux rapports.

La reconnaissance sociale existait : ils en étaient les acteurs adulés. Sans plus.

Satisfaite à plus d'un titre, Bernadette libéra de ses commissures labiales un fond de rot dont l'acidité la surprit au plus haut point. Sans réfléchir un seul instant, elle souffla subrepticement en direction de Bernardo afin que ladite acidité se déposât sur la prothèse. Chose étonnante, ces quelques vapeurs transportées par son désir de faire disparaitre de sa vue l'éclopé se déposèrent sur la partie supérieure de ladite prothèse.

Une minute plus tard, Bernardo ressentit en lui quelque chose de très étrange. Bien sûr, il ne se permit aucune verbalisation tant il savait qu'il ferait pouffer ces autres s'il l'ouvrait. Mais voilà, l'acidité corrosive n'avait aucune limite à son action.

D'un coup, Bernardo se leva et partit de la pièce, clopin-clopant, en disant ces quelques mots désormais voués à l'humilité : cha broule, mais cha broule !!!!!

Ravie, Bernadette se contenta de replacer son serre-tête bleu-marine et tapota la commissure de ses lèvres à l'aide d'un petit mouchoir ourlé. Elle entama l'écriture d'un nouveau rapport de mise en bière qui lui fit lever le sourcil de plaisir : la maman de Bernardo (il n'était pas encore au courant de l'intrigue) venait de passer l'arme à gauche. Lé virouch n'épargnèch vraiment perchonne. Elle se contenta de taper son rapport et n'en dirait rien à Bernardo tant elle trouvait l'information des plus futiles.

Après tout, elle ne lui avait jamais demandé de venir travailler face à elle, surtout avec une machine à écrire dernier cri. Quant au cercueil, il ne serait pas recouvert d'azuléjos comme la maman de Bernardo l'avait toujours rêvé. Même dans la tombe, le prothésé resterait éternellement la honte de sa vie, et de fait, celle de Porto !

Joyce, Monique et Gérard frappaient sans broncher les rapports à une vitesse ahurissante et bien sûr, s'alimentaient de leurs pensées parallèles qui les plongeaient dans des interrogations sans nom. Le pangolin occupait à présent leur vie sous une forme des plus concrètes, quasi obsessionnelle. Ils n'avaient de cesse de le remercier car, grâce à lui, ils gardaient un boulot des plus abrutissants, sans être confinés dans leurs habitations à volume réduit.

Fallait-il qu'ils se plaignent de leur sort ? Certainement pas.

Ils virent Bernardo, toujours clopin-clopant, revenir à son poste de travail le visage rougeaud et totalement silencieux (nous en connaissons la raison profonde.) Ils comprirent que la verve mauvaise de Bernadette venait de frapper en plein cœur de sa cible. De concert, les regards se tournèrent vers Bernardo qui eut la fâcheuse impression que la terre l'engloutissait à jamais. Cet épisode dura seulement trois secondes, ce qui suffit amplement à faire passer un message des plus désagréables à cet usurpateur.

Oui, eux aussi avaient une dent contre lui : toujours à cause de cette satanée machine à écrire qu'il avait eue d'emblée.

Charles De La Bonbonnière ne faisait toujours pas le malin dans son six mètres carrés des plus inconfortables. N'ayant rien à faire de ses journées, il décida de ne rien faire du tout. Même aller prendre une douche ne le tentait guère. Pourtant Gégé l'attendait tous les jours à partir de neuf heures, une fois son petit déjeuner pris. Un rendez-vous qu'il n'aurait loupé pour rien au monde.

Le problème, c'est qu'il ne fallait pas trop contrarier ce monsieur quasi anencéphale qui prenait vite la mouche en cas de lapin posé. Au troisième jour d'absence, Gégé se rendit directement devant la cellule de Charles et frappa la porte à l'aide de son crâne et de ses petits points agressifs en faisant Grrrrr, Grrrrr....

Entendant ces sonorités, il fut pris d'une crainte parfaitement légitime car il eut l'impression de se retrouver pour la quinzième fois perdu au fin fond de la forêt de son enfance bénie ! De plus, cette onomatopée était strictement identique à celle qu'utilisait Lola lorsqu'elle lui signifiait qu'elle n'était pas du tout contente de lui et qu'une petite promenade en forêt oxygènerait ses poumons d'enfant capricieux. Ayant une peur bleu de se retrouver à nouveau seul au milieu de mille hectares de pins, il n'eut pas d'autre choix que d'ouvrir la porte à son nouvel ami.

L'éducation, ou faut-il dire le formatage, étant une parfaite réussite.

Sourire aux lèvres, Gégé serra Charles fortement contre son cœur en lui faisant quelques papouilles de son cru. Le bel ami se contenta de ne pas respirer un seul instant lors de ce moment de grâce que seule l'amitié peut offrir. Savonnette à la main, ils partirent en direction des pommeaux d'arrosage qui ne tarderaient pas à libérer les précieuses gouttes d'eau : la chaleur extrême du lieu donnant au décors embrumé un petit air de fête. De quoi rendre jaloux David Hamilton !

Voyant que les amis de Gégé étaient également conviés à cette petite fête, Charles compris qu'il devenait inutile de s'exonérer de son nouveau rôle de mascotte pour le bien être de tous.

Monsieur De La Bonbonnière décida de ne plus jamais fermer la porte de sa cellule, ne supportant pas d'entendre les fameux Grrrrr Grrrrr. Résigné, il se rendit tous les jours pour neuf heures pétantes en salle des ablutions, contrée qui devint aussi célèbre que la fontaine de Trévi !

L'histoire risquait de durer encore longtemps. Dans ce cas, inutile de faire des simagrées.

Sage décision s'il en est !

Le monde s'effondrait lentement sous l'action des particules virales. Trop petites pour être vues, même avec des lunettes grossissantes, elles poursuivaient leur action de décapage à l'échelle planétaire. La gestion de la crise n'était pas la même d'un pays à l'autre et tout le monde y allait de sa critique. Les Rosbifs faisaient comme ci, les Amerloques comme ça et les Indiens se contentaient de faire de grands flambeaux qui brillaient dans le ciel zinzolin ou bien construisaient des petits radeaux qui partaient sur les eaux tranquilles du Gange ou de l'Indus.

Pour la France, le croque-mort de vingt heures trente, camemberts aidant, poursuivait ses explications didactiques qui avaient tendance à miner le moral des troupes. Heureusement qu'il était possible d'aller faire une promenade, mais pas plus d'un kilomètre de distance, et au maximum une heure. Les policiers se cachaient même dans les forêts pour verbaliser de cent trente euros les petits tricheurs qui ne manquaient pas d'air. Imaginons qu'ils eussent contaminé les pins infinis des Landes, et c'en était fini de la cellulose !

Cette équation parfaite - 1 km + 1 h - commençait sérieusement à taper fortement sur le ciboulot de la population qui se demandait s'il ne fallait pas en finir une bonne fois pour toute avec la vie. Un peuple de grand dépressif venait de se former ! Et pour combler le tout, la pénurie de papier cul ne fit qu'accentuer le malaise : les sacrifices orificiels se combinant aux effets du virus. Aussi, les verves mauvaises eurent-elles champs libre aux indignations les plus farfelues : le génie Français ayant l'expression libre.

Comme Molière pouvait être fier de ses descendants !

De plus, les maisons de retraites n'étaient plus vraiment des maisons de retraites puisqu'elles s'étaient transformées en sorte de lofts aussi vides que les grottes de Lascaux. Même si l'on ne payait plus les pensions de retraites (une aubaine pour le futur quoi qu'il en coûte), il fallait somme toute garder figure humaine. Il fut décrété que les vieux devraient désormais rester dans leur chambre et ne jamais en sortir sous peine de passer l'arme à gauche.

Visites interdites.

Au moins, ils pouvaient regarder à longueur de journée les émissions de téléréalité, ce qui leur faisait regretter à quel point être encore de ce monde s'apparentait à une calamité. Mais à quatre-vingt-quinze ans, rien de plus normal que d'obéir aux règles. Car obéir augmentait, de fait, l'espérance de vie ! Mourir seul à quatre-vingt-quinze ans plus deux mois de mort naturelle redorait notre blason à l'international.

Nous faisions des jaloux.

A côté des bureaux désormais déserté par les autres employés, les cinq s'évertuaient à exercer leurs talents avec une précision d'orfèvre. Les dossiers ne cessaient de s'accumuler et seul le rendement était de mise. Les cinq savaient qu'il ne fallait en rien déroger à la règle puisqu'ils ne souhaitaient pas finir enfermés dans leurs appartements comme le reste de la population. Aussi frappaient-ils à l'unisson sans penser un seul instant.

Dire sans penser un seul instant est un bien grand mot puisque dans leurs têtes, leurs pensées (pas toujours identifiées) fusaient à la vitesse de la lumière. De quelles pensées s'agissait-il au juste ? En les regardant attentivement, il est bien difficile de pouvoir analyser quoi que ce soit de concret. Les interprétations faites par des êtres lambda se fussent heurtées à un trop plein de rationnel ! Vouloir expliquer certaines choses s'apparente parfois à un véritable combat perdu d'avance : ils en étaient la démonstration vivante.

Oui, que dire de Bernardo, Monique, Joyce, Gérard ou Bernadette en l'état ? Bien malin celui qui pourrait coucher des lignes et des lignes pour en faire d'honorables portraits. Aussi, ne pouvons-nous que décrire des états à un instant donné car il semble impossible d'aller gratter à la surface de ces êtres.

Peut-être pourrions-nous les réduire uniquement à quelques éléments caractéristiques tels une tige en fer, de la fonte, un filet de bave par procuration, un sanglier en Sologne ou bien un serre-tête en velours bleu marine au parfum d'acide chlorhydrique ! Ajoutons tout de même un rouleau de printemps pour Joyce car il lui faut bien un dérivatif pour supporter, telle une sainte, son baveux apathique. Ces mots peuvent paraitre réducteur pour parler 'd'êtres humains', mais nous n'avons pas d'autre choix !

Ces cinq objets extériorisés portent en eux la caractérisation des êtres du bureau. Ainsi, nous composerons avec ces éléments minimalistes, quitte à décevoir. La déception engendrera la frustration et peut-être même un certain dégoût conduisant au rejet de leurs personnes. Les cinq, malgré leur déficiences sociales, deviendront des objets de curiosité, comme l'est désormais le pangolin ayant fini en tranches fines.

Mais il est une chose qu'il faut impérativement savoir : rien ne peut les détruire, même pas l'arme atomique !

Les Amériques (nous parlons du nord) vivaient les mêmes tourments que le reste de la population mondiale, mais en pire. Par pire, il faut entendre chaos total ! Car avoir Donald (d'autres eussent dit Coin-Coin) en maître absolu du monde libre n'était pas vraiment une partie de plaisir pour ces amerloques pauvres qui n'avaient toujours pas la Sécurité Sociable. L'idée loufoque d'un Obama de la rendre universelle pour le bien-être de tous s'était vue raccompagner au portail sans le moindre remerciement. Les assurances privées pouvaient respirer.

Désormais, on mourait dans la rue ou bien dans les parcs, comme tombent les feuilles des arbres à l'automne. Mais en moins joli.

De plus, la consommation d'hamburgers trop riches en gras saturés bas de gamme et sursaturés en sucres raffinés n'arrangeait pas vraiment les lieux de réanimation puisque les lits avaient quelques difficultés à supporter des charges de plus de cent-cinquante kilos ! Dans ce pays, chacun étant libre de se faire exploser la panse : tel était l'esprit du rêve américain. L'abus de fentanyl, mode d'addiction devenue attraction familiale, n'arrangeant pas les histoires.

Là aussi, la grogne commençait sérieusement à se faire entendre surtout que les premiers vaccins venaient d'être mis en vente sur le marché. Les habitants du pays des Apaches n'en voulaient point trop car ils étaient considérés comme peu fiables et mis à disposition à la va-vite par des firmes qui allaient s'en mettre plein les poches (ce n'était pas faux.)

Par contre, personne ne savait qu'une savante débarquée des pays de l'Est avait étudié ces vilains virus à ARN pendant plus de vingt ans et qu'elle était plutôt sûre de son coup, d'où la rapidité des mises en applications dudit vaccin. (Ça, c'est juste un peu de culture générale qui ne sert pas à grand-chose puisque nous savons tous qu'accumuler du savoir peut donner mal à la tête ! Mieux vaut s'abstenir de tout effort et prendre un troisième hamburger-coca-frites.)

Katalin Kariko aura une médaille en chocolat à défaut du prix Nobel. Après tout elle n'avait qu'à pas être Hongroise d'origine ! Bernardo de Porto en ayant déjà fait les frais...

Au-delà de cette anecdote, quelque chose de bien plus grandiose se mettait lentement en place aux Amériques, mais aussi dans le reste du monde. Rien de bien inquiétant en l'état, juste le fruit de quelques contrariétés exprimées en l'absence de toutes zones cérébrales utiles.

Dire des vérités avec force et conviction devint un nouveau mode d'expression, du moment qu'elles fussent invérifiables. Oui, la lune était définitivement creuse. Le mouvement s'amplifiait, créant toutes sortes de sous-ensembles qui, comme une traînée de poudre, faisait de plus en plus d'émules ! Des gourous charismatiques émergèrent de toutes parts en inondant les médias de leur savoir inébranlable. Leurs paroles n'étant que vérité absolue.

Le monde entier entrait dans l'ère du complotisme !

Aux Amériques, les cinq n'auraient jamais pu se dépêtrer d'une telle situation tant les rapports de mise en bière frôlaient l'entendement. Heureusement qu'un océan entier les séparait d'une telle tâche ! Même si les êtres du bureau n'avaient qu'à s'occuper d'eux-mêmes, ce qui, en l'état, s'apparentait à une activité majeure - du moins d'un point de vue cérébral - les énergies incroyables qu'ils dépensaient pour ne jamais se retrouver confrontés à leurs propres pensées frôlaient l'inimaginable.

Mais voilà, Pangolito venait de modifier la mise en introduisant quelques variables de son cru !

Les cinq se retrouvèrent désemparés lorsqu'ils s'aperçurent que les gens avaient déserté les rues. Oui, les foules se trouvaient désormais enfermées à triple tours dans les appartements pour le bien-être de tous : ils apprenaient à faire des nœuds coulissants avec des cordes épaisses ! Et les horaires de sortie se voulaient toujours aussi stricts sous peine d'amendes sévères.

Certes, on notait l'existence de quelques fêtes grandioses et de restaurants clandestins cinq étoiles, mais il s'agissait d'activités uniquement réservées à l'élite possédant la carte Gold ainsi qu'un bon carnet d'adresse. Boris aux cheveux couleur paille, le maître du 10 Downing Street, ayant, selon les mauvaises langues, montré l'exemple outre-manche ! Mais là, nous parlons des Rosbifs. A Paris, ce n'était qu'appartement de luxes dégorgeant de victuailles à tout va.

Pour les lambdas, la situations se voulait autre, et rien d'autre. Aider les gosses à faire leurs devoirs devint le cauchemar des familles ! Formatées aux Angelots de la télé reality (à Miami, à Marseille ou à Los Angeles…) mais aussi à L'île de la tentation et autres subtilités aculturelles, ces pauvres familles se demandaient quel type de con avait inventé les phrases au conditionnel, ou pis encore au subjonctif ! Et ne parlons pas du futur antérieur dans une phrase à doubles négatifs : suicide assuré. Même si le vocabulaire se veut être l'avocat du verbe, force était de constater que l'avocat avait définitivement fait ses valises. Nous pouvions remercier les Anges tous de muscles sculptés.

Aussi dire Putain, wesh, trop bonne la meuf, ce soir je la ken, étant préférable à ces tournures de phrases qui font perdre un temps considérables quand il s'agit de faire passer un message des plus expressifs. Mais voilà, pour faire les devoirs, ces tournures d'esprits toutes en subtilités formulées n'étaient pas encore acceptées par l'Académie. Sans doute des vieux grincheux qui ne connaissaient absolument rien en l'Art du bien parler efficace !

Le système scolaire, déjà mis à mal, se retrouva plus bas que terre. Nous n'osions plus regarder les classements internationaux des pays comparant l'efficacité des méthodes éducatives. Dégringoler de quelques rangs nous fit porter le bonnet d'âne.

Cependant, les cinq se foutaient royalement de ces considérations de bas étages. Les rues étant vides, leurs vies s'en trouveraient modifiées.

Monique se rendit devant la salle de gym où l'attendait la fonte. Ce jour-là, elle portait un survêtement bleu et blanc spacieux tout de tergal et de nylon fusionnés. Postée devant l'établissement, elle sortit la carte qui lui permettait d'entrer dans la salle de Basilic Fist. Elle essaya une fois, réessaya une nouvelle fois, contracta les dorsaux en retentant l'expérience pour la troisième fois. En vain. Au bout de la trente-deuxième tentative, elle comprit que l'établissement avait fermé les portes. Elle faillit s'évanouir.

Moniiiiiique ! La petite voix venait de se réveiller instantanément.

Elle eut beau enfoncer ses index au plus profond de ses oreilles, rien n'y fit. Aussi, eût-elle la fâcheuse impression de se retrouver plusieurs années en arrière, moment où, pour la première fois de sa vie, elle avait entendu quelqu'un lui parler de l'intérieur ! Bien sûr, rien de plus normal que d'entendre causer au plus profond de sa tête. Spontanément, elle se contenta de dire Oui, qui est là ? Mais la voix répondit Moniiiiiiique, niiiiique, niiiiique, niiiiique… ! Ne comprenant absolument rien au scénario qui se déroulait sans sa permission, elle répondit à ladite voix.

Mais à douze ans, elle n'avait pas vraiment toutes les cartes en main. Les eût-elle un jour ? La Direction des Affaires Hygiéniques et Sociables étant convaincue du contraire… Aussi se contenta-t-elle d'établir un dialogue avec cette petite voix qui ne manquait pas de culot car elle pouvait l'importuner à n'importe quelle heure du jour et de la nuit.

Malheureusement, Monique prit la fâcheuse habitude de répondre illico puisque, petite, sa mère lui avait toujours dit qu'il fallait toujours être polie et rendre la pareille ! Erreur fatale. Les causeries d'un genre nouveau n'en finirent plus de s'étaler dans sa boîte crânienne causant quelques troubles de l'attention qui finirent par faire pouffer de rire ses camarades de classe. De ces moqueries naquirent les prémisses de la Haine qui allaient finir en des envies de meurtres !

Aussi, lorsque ledit meurtre devint une option plus que probable (elle avait seize ans), décida-t-elle de palier le problème en s'orientant vers ce si noble sport qu'est l'haltérophilie. Ce moyen fut si efficace qu'il mit en sourdine la petite voix. Faire quatorze heures de musculation tous les jours permettant de déconnecter efficacement les neurones qui n'avaient plus une seule molécule de glucose à ingérer. Manifestement, l'hypoglycémie chronique réglait le problème. Mais pas totalement… L'entrainement ne devant jamais s'interrompre.

Moniiiiiique ! Basilic Fist venait de fermer boutique pour une bien longue période.

Près de son mari, Joyce, lassée de couper le fil salivaire, rêvait d'un bon rouleau de printemps. Elle aspergea préventivement son homme avec un peu de lotion désinfectante et lui dit de ne pas s'inquiéter car elle partait faire une course. Il n'eut pas la moindre des réactions à ses dires tant ses yeux lui piquaient à l'infini. Mieux valait prévenir que guérir. Ici, juste prévenir car, de fait, le covid l'aurait emporté avec l'efficacité redoutable que nous lui connaissons. Elle ferma à clef la porte d'entrée car il était hors de question qu'on lui volât sa rente à vie.

Arrivée au bas de sa rue, Joyce eut le même sentiment ressenti par Monique au moment où elle avait découvert l'absolue vérité. Pas l'ombre d'un rouleau de printemps ne pointait dans les horizons. Elle traversa de long en large le quartier, arpenta les ruelles plutôt deux fois qu'une, s'arrêta devant ses boutiques préférées, huma même les devantures fermées recherchant le moindre indice qui aurait pu la mettre sur le chemin menant à la quiétude d'un instant ! Pour son malheur, seule l'odeur des poubelles qui avaient tendance à s'accumuler depuis plusieurs jours s'engouffra dans ses narines.

Si le parfum des nems ne flottait plus dans les airs comme une promesse qui se renouvelait tous les jours, force était de constater que la fragrance subtile venait d'être remplacée par les émanation des restes de sauce nuoc mam jetés dans les vidoirs publics. L'anchoi macéré dans son jus salé n'ayant pas vraiment le pouvoir d'éveiller de quelconques émotions.

Dépitée, elle resta un long moment assise sur les marches qui permettaient l'accès à l'immeuble. N'étant plus en mesure d'émettre la moindre pensée, elle eut la sensation que le monde s'écroulait sous ses pieds. Comment, à l'instar de Monique, pourrait-elle supporter le restant de ses jours sans ce dérivatif qui lui permettait d'être une femme forte, efficace, dévouée et aimante (nous ajoutons, ici, un gros bémol) ?

Ne sachant que faire de cette situation intolérable, elle remonta les escaliers, ouvrit la porte de l'appartement, s'approcha du lit sur lequel végétait son mari et lui tomba dessus de tout son chef.

Sa moitié eut l'impression d'être aimé comme jamais il ne l'avait été.

Faisant son injection d'insuline, Lola se sentait une femme nouvelle. Son fils n'était plus de ce monde pour son plus grand bonheur, et Charles pourrissait en prison auprès de son ami Gégé. Pour fêter cette libération, elle se permit de rajouter quelques unités d'insuline car elle avait remarqué que l'augmentation - somme toute modérée des doses - la plongeait dans un état de bienêtre le plus total. Hum, hum ! se contenta-t-elle de dire en regardant son Brutus d'amour qui semblait avoir pris, en un instant, deux tailles supplémentaires. Le toutou à sa mémère n'eut d'yeux que pour elle et partit derechef donner un grand coup de langue désinfectant sur le point laissé par la piqûre.

Revenue à ses esprits, Lola repensa fortement à l'intrigue qui l'occupait désormais à plein temps. Comment allait-elle reprendre la direction de la boîte ? Ce qui, dans son esprit, voulait dire remplir à nouveau son compte en banque. Avait-elle besoin de tout ce fric pour continuer sa vie dans son charmant deux-cent-cinquante mètres carrés situé Rue de la paix ?

Les rêves de Monopoli étant faits pour les gueux, elle savait parfaitement qu'elle n'avait aucunement besoin de cet argent pour continuer à boire le thé de dix-sept heures dans son service datant de la dynastie Ming. Non, ce qui la faisait vibrer consistait simplement à savoir que le magot dormait dans ses coffres, sans autre considération : de l'or à l'état brut. Posséder de l'argent à outrance s'apparentait à un Art de vivre qu'elle ne voulait partager avec personne.

Avait-elle, un jour, donné la pièce à quelques institutions charitables telles la Croix Rouge ou les Restos du cœur ? Que nenni ! Ces feignasses n'avaient qu'à traverser la rue s'ils voulaient trouver un travail, disait celle qui, pas une seul fois de sa vie, ne s'était rendue chez le moindre des patrons, puisque, par définition, la Patronne c'était elle ! Plutôt commode comme situation. Aussi, ne pouvait-elle que remercier son mari plein aux as et occis lui aussi prématurément par on ne sait quel caprice de la vie.

Décidément, on décédait bien vite dans les beaux quartiers de la capitale.

Même si Lola ne paraissait pas futée, elle savait penser au-delà de son crâne, et le faisait plutôt bien. Repensant à Charles, elle commença à avoir de sérieux doutes quant à l'affection qu'il lui portait. Quel con ce gosse ! se contenta-t-elle de songer. Mais au-delà de ce fait, elle se rappela qu'à plusieurs reprise elle l'avait vu traîner dans sa salle de bain.

Pourquoi s'y était-il rendu alors que l'appartement en était doté de quatre autres ! S'y laver ? Sûrement pas.

Lola se rendit compte que quelque chose clochait. Il fallait qu'elle découvre le pourquoi du comment. Malheureusement, elle oubliait d'un instant à l'autre ses intentions, et donc ses pensées, surtout quand elle forçait un peu trop sur les rajouts en insuline pour son bien-être d'un instant.

Hé, Hé... susurra-t-elle du bout des lèvres !

Dans le bureau, le printemps arrivant donnait, grâce à son éclairage doux, un petit air d'ambiance faisant espérer des jours meilleurs. La lumière recouvrait cet espace porté par un acharnement hors normes servant à frapper les rapports de mise en bière. Aussi, les cinq, aveuglés par cet excès de luminosité, décidèrent-ils de fermer les persiennes et d'allumer les néons des plafonniers. Ils pouvaient enfin se remettre au travail, à l'unissons des machines à écrire qui entamèrent leurs symphonies aliénantes.

La paix leur allait à ravir.

Bernardo qui était, ce jour-là, en petite forme avait bien du mal à se mettre au boulot. Maman Bernardo, comme nous l'avons vu précédemment, ayant terminé en rapport rédigé par Bernadette ! Bien sûr, il n'apprit la nouvelle que huit jours plus tard car la Direction des Affaires Hygiéniques et Sociables n'avait pas eu le temps, et surtout les moyens, de lui communiquer ce qui semblait n'être qu'un épiphénomène au milieu de tout ce capharnaüm. Le personnel, là aussi, étant plus que défaillant en cette période de grand trouble. Aussi, la Direction recueillait-elle d'abord les informations, puis les redistribuait à ses clients. Tel se voulait être le fonctionnement de cette charitable institution : personne ne dérogeant à la règle.

Comme Bernardo ne fut pas au courant de l'intrigue, ou du moins le fut-il trop tardivement, il n'eut pas la possibilité de se rendre à l'enterrement. Seules dix personnes étant autorisées à suivre le cortège, les neuf frères et sœurs prirent d'assaut le cimetière, tous vêtus aux couleurs de leur pays d'origine. Le rouge et le vert devinrent les dominantes de ce lieu recouvert de marbres gris.

La cérémonie terminée sur des airs de fado tous plus larmoyants les uns que les autres, les neufs se dépêchèrent de faire entrer le camion de ciment dans le cimetière. Personne ne les vit faire, puisque les habitants de la France se trouvaient déjà enfermés dans leurs habitations. Avec une célérité des plus déconcertantes, ils construisirent un mausolée de trois mètres de hauteur sur quatre de large qu'ils recouvrirent en un rien de temps d'azuléjos bleu marine.

La fresque retraçait toute la vie de Maman Bernardo, de sa naissance à son dernier souffle.

En regardant bien cette œuvre monumentale à caractère familial, on ne pouvait s'empêcher de noter l'absence du dixième enfant. Pourtant tout y était consigné, même le camion de ciment et les bouteilles de porto blanc ! Du fait de son absence au sein du clan en cet instant tragique - et peut-être aussi à cause de la tige en fer dans sa chaussure - Bernardo fut banni de cette fresque ménagère. Ses frères et sœurs, ulcérés par la trahison des tous dernières sacrements, décidèrent de ne plus le considérer comme un membre à part entière de la famille. Dans trente génération, sans doute rediscuteraient-ils du problème.

Et pas avant !

Conscient qu'il ne posait pas sur la fresque en azuléjos (il s'était rendu au cimetière, mais bien trop tard), Bernardo se sentit profondément blessé par l'injustice qu'il venait de subir. Il rageait sur un mode quasi infini. D'un coup, un flash revint à sa mémoire ayant occulté un petit souci dont il se serait bien passé.

Alors que le camion de ciment venait de lui rouler sur la jambe et qu'il disait, désormais, du bas de ses trois ans, cha piqu mais qué cha piqu beaucoup, il vit dans le rétroviseur que sa mère conduisait la bétonnière et qu'elle venait de mettre la main sur sa bouche après avoir laissé échapper un petit Oups quelque peu embarrassé ! Concertée, la famille fit comprendre à Bernardo que son papa, pas très habile ce jour-là, avait perdu le contrôle de la machine. Le blason de la maman fut ainsi redoré. De toute façon, les gosses ne se souvenaient jamais de leur enfance, ce qui était plutôt commode. Un mensonge qui passa comme une lettre à la poste durant quelques trente-deux années.

Dans une rage folle d'avoir été pris pendant tout ce temps pour un jambon, Bernardo se mit à frapper les rapports de mise en bière comme jamais il ne l'avait fait auparavant. Même Bernadette ne sut qu'en penser. La prothèse se tordit davantage tant il appuyait sur le plancher de sa chaussure, ce qui démontrait à quel point son énervement venait d'atteindre des sommets.

Il comprit pourquoi il avait toujours détesté ses frères et ses sœurs sans en avoir pu le formuler un seul instant.

Taciturne à souhait, Gérard ne pensait toujours pas. Il vivait l'instant sans joie ni projection. En fait, cette dernière assertion n'était pas tout à fait exacte car l'une de ses ambitions princeps, ou faut-il dire marotte, consistait à se retrouver, un soir, embarqué dans un rendez-vous galant. Il avait essayé, nous l'avons vu, les

Meetic et autres Tics, en vain. Par la suite, il se lança même, pour tester, sur Tinderland. Échec des plus cuisants.

Sanglier comme pseudo n'étant pas des plus avenants.

Pourquoi s'acharnait-il autant alors que, s'appelant Gérard, il n'avait aucune chance ! On aurait dit que ce prénom élégant signait sa propre décadence. Avait-il eu l'idée, histoire de se sauver, de se rendre à l'état civil pour en changer ? Pas une fois ceci ne lui avait traversé l'esprit. Pourtant, il insistait puisque l'horoscope, selon son signe, lui rappelait tous les jours ces mots qu'il ne pouvait balayer d'un revers de main.

'Célibataire endurci, vous conjuguerez le verbe aimer à toutes les sauces. Les influences astrales vont faire monter en flèche votre cote d'amour. Foncez tête baissée.'

Fort de cette vérité trigonale, Gérard se reconnecta discrètement à Tinderland. De son poste de travail, personne ne pouvait remarquer l'imposture, pas même Bernadette. Cette fois-ci, il prit son courage à deux mains et tenta l'impossible. Refusant la malhonnêteté (les astres ayant parlé), il inscrivit non pas un pseudo, mais bien son prénom : Gérard ! Il eut l'impression de s'être libéré d'un mal qui le hantait depuis sa tendre enfance, ou faut-il plutôt dire sa naissance.

Oui, Gérard venait d'oser l'impossible.

Quelques instants plus tard, les connexions s'activèrent dans les quatre coins de la France. Entre deux rapports, il pouvait observer qu'on entrait en contact avec lui. Gérard n'était plus un être fade et anonyme : le monde venait de le remarquer ! L'horoscope ne s'était pas trompé.

Tachycarde (il battait à cent-trente), il se mit à lire les réponses des internautes.

Minouche : Lol ! croyais pas que c'était possible de s'appeler Gérard ! Pas de chance mec.

Princesse : Tu veux boire un verre ? Ah merde ! J'ai pas le temps

Morgane : Ah oui…..

Clara : T'es encore en vie, ou t'écris de ta tombe ? Ahahahah

Raclette ou levrette ? : Heureusement que les losers de ton genre existent, ça me laisse plus de chances

Féline : T'as essayé sur zoo.com ?

Proprette : Dis-moi, tu sais que c'est un site de rencontre ici ?

Kévin : Ici les pompes funèbres, que puis-je faire pour vous ?

Sublime : demain 20 H 30. Mais non, je déconne. Même pas en rêve

…

Gérard qui savait pourtant qu'il s'appelait Gérard resta sans la moindre des réactions. Sans doute venait-il d'être sidéré pour le restant de ses jours. Il comprit que l'horoscope se foutait de lui.

Plus jamais il ne croirait personne.

Il se remit à frapper les rapports de mise en bière sous son néon grésillant. Seuls les sangliers de la Chasse en Sologne conservaient ce pouvoir d'émerveillement.

Les complotistes pullulaient et rien ne pouvait arrêter leur extension mondiale. Toutes sortes d'assertions pouvaient être formulées du moment qu'on possédait un haut-parleur. Ces amplificateurs de sons se trouvaient désormais dans les rues, sur le net ou, pis encore, passaient à la télévision pour clamer des vérités qui, malheureusement, conduisaient à la tombe.

Le vaccin anti-covid devint une arme de destruction massive ! Mieux valait mourir du virus plutôt que se soumettre aux injonctions de ces savants fous qui vous injectaient, pour vous tracer, des nanoparticules ayant le pouvoir d'interférer avec la 5G.

Les particules de gras interagissaient désormais avec les ondes électromagnétiques !

De plus, le patrimoine génétique modifié, nul ne savait ce qu'allait devenir l'humain une fois vacciné. A coup sûr, les hommes deviendraient stériles ! Quant aux femmes, elles mettraient au monde une nouvelle espèce d'humanoïdes portant la définition exacte des OGM.

Le monde, grâce aux progrès de la science, courait droit à sa perte. Les dix-sept millions de décès déjà enregistrés sur la planète par l'infection virale n'étaient rien comparés aux dégâts que causait la vaccination. Et seuls les Éclairés en avaient eu la révélation puisque telle se voulait être la vérité vraie. Il ne pouvait en être différemment. Raison pour laquelle les firmes pharmaceutiques, aidées de leurs lobbyistes, faisaient tout pour débrancher ces haut-parleurs de malheur.

Si d'un côté le vaccin avait le pouvoir de détruire, de l'autre, être référencé en bourse avait la capacité quasi magique de faire rêver les actionnaires.

L'ambiguïté se trouvait bien là ! Qui croire ? Ceci démontrait à quel point le monde s'engageait dans une voie mauvaise. L'homme est un loup pour l'homme avait écrit Thomas Hobbes dans son ouvrage de philosophie politique, Léviathan, en 1651.

A cette époque, il ignorait que le pangolin confirmerait ses dires.

Quelques temps plus tard, nous fûmes les spectateurs muets de la prise du Capitole, à Washington. Le pays des 'libertés' venait de se renverser sous le pouvoir des armes et des slogans mono syllabiques. S'agissait-il là d'un effet indésirable lié à l'abus de fentanyl récréatif qui décimait les familles ? L'histoire ne le précise pas. Pour peu, ils eussent détruit la bibliothèque du Capitole pensant ces ouvrages subversifs et surfaits !

Heureusement que les portes restèrent fermées sinon nous eûmes assisté à un nouvel autodafé, un peu comme celui qui causa quelques troubles dans l'ordre mondial à partir du dix mai mil neuf cent trente-trois. Mais bon ! L'évêque de Mexico, Juan de Zumarraga (et quelques autres encore), ayant déjà montré l'exemple en quinze cent trente en faisant brûler tous les écrits des Aztèques. Il suffisait de montrer l'exemple.

Aztèques rimant avec pastèques !

Et, au loin, on mourait toujours autant dans les rues ou dans les parcs, alors que les feuilles des arbres, sous les doux alizés, continuaient à tomber lentement.

Pour Bernadette, ces considérations esthétiques ne lui faisaient ni chaud ni froid. Si les Amerloques se battaient entre eux, ceci ne réglait pas un problème qui avait tendance à s'amplifier. Les boutiques fermées - Monop en tête - il lui était désormais impossible de se fournir en serre-tête et autre pseudo carré Hermès ! Au fur et à mesure que sa collection s'amenuisait (conséquence dramatique du confinement), son reflux prenait une ampleur démesurée. Chaque déglutition lui rappelait davantage que son œsophage se trouvait toujours à la même place.

Parfois, l'envie la prenait de partir dans la nuit pour casser la vitrine de ses boutiques préférées afin de se procurer ces ustensiles qui faisaient d'elle toute sa personnalité. Bien sûr, elle s'abstint de toute action car elle avait tendance à se rappeler des cours de catéchisme qu'elle professait le samedi aux gosses de sa banlieue. Le Tu ne voleras point faisant parti, pour son plus grand regret, de ces préceptes inviolables. Et le dire en latin participait à sublimer la puissance des mots. Elle s'y tint en maudissant la racaille qui faisait fortune en effectuant quelques petits larcins.

Mais voilà, Bernadette appartenait à la communauté des êtres du bureau ! Et qui dit êtres du bureau dit

Direction des Affaires Hygiéniques et Sociables. On comprend bien qu'un problème, et pas des moindres, se pointe à l'horizon. Pour le comprendre, il nous faut retourner dans son enfance bénie.

Alors que Bernadette devait avoir trois ans, peut-être quatre, elle avait été le témoin d'une chose des plus incroyables ! Se rendant chez Monop avec sa mère (il s'agissait de sa première sortie officielle dans le monde extérieur), elle eut la vision la plus incompréhensible qu'il lui fût permis de vivre.

Son panier d'osier à la main pour acheter son premier serre tête en velours bleu marine, elle se heurta à un être humain et tomba à la renverse sur le sol carrelé. Désolé, l'homme s'étant pris les pieds dans la petite tendit sa main pour aider l'enfant à se relever. Elle la saisit. Et là, Bernadette fut prise d'une sorte d'apoplexie tant la vision incongrue n'était pas conforme à la projection qu'elle se faisait du monde.

La main n'avait pas la couleur blanche qu'elle connaissait. Pas comme celle de sa mère ! Lorsqu'elle leva la tête, elle poussa un tel hurlement que tout Monop pensa qu'un attentat se déroulait en direct.

L'homme qui s'était pris les pieds dans Bernadette était noir !

Sa mère se dépêcha de ramasser la petite pour l'extraire de cette vision du monde qui ne tolérait qu'une seule teinte. L'homme ne sut que dire ou que faire tant il se sentit fusillé par ces deux paires d'yeux qui fuyaient à toute vitesse.

Arrivées à la maison, la maman de Bernadette lui mit un serre-tête bleu marine en spécifiant bien que cet objet pouvait désormais la protéger de tous ces intrus qui n'avaient pas leur place au pays de Jeanne d'Arc.

Obsédée par cette vision d'apocalypse qui ne la lâchait plus, Bernadette s'en prit à tous les gosses de son école qui ne respectaient pas les règles colorimétriques. En classe, elle utilisait la peinture à l'eau pour rendre certains des enfants plus blancs que blancs.

Alertée, la Direction des Affaires Hygiéniques et Sociables fut en charge du dossier. Bernadette eut droit à un reconditionnement qui s'avéra partiellement efficace. Même si elle n'utilisait plus la peinture pour remettre le monde en ordre, personne ne comprit pourquoi elle ne pouvait pas s'empêcher de porter son serre-tête de jour comme de nuit. Les remontées acides commencèrent leurs premiers frémissements.

Adolescente, la machine à écrire, de désespoir, lui fut proposée comme seule échappatoire possible.

Dans sa prison, Monsieur Charles De La Bonbonnière était passé au stade de la résignation raisonnée. Gégé et ses amis n'avaient plus besoin de frapper à sa porte puisqu'elle restait ouverte en permanence. On y entrait aussi facilement que dans une cathédrale. Était-il devenu dépressif comme l'avait été son père, mais sans doute aussi son grand-père, le mari de Lola ?

Charles ne pouvait pas avoir cédé à ce genre d'aliénation mortifère puisqu'autre chose le préoccupait davantage, tout en le maintenant en état d'éveil. Ce qui l'obsédait sincèrement concernait le fric qu'il n'avait pas pu encore palper de ses doigts. Il aurait adoré le flairer un instant, le serrer contre sa poitrine. Et tout ce pognon, il le voulait pour lui tout seul. Devenir l'unique actionnaire de la boîte résumait sa rumination cérébrale.

Pour se faire, il fallait que Lola disparaisse à tout jamais de cette terre. Raison pour laquelle il avait gardé, souvenons-nous, un flacon d'insuline.

Cette hormone, plutôt efficace pour faire baisser le sucre dans le sang, le ramena au meurtre dudit géniteur. Pourquoi avait-il assassiné son père ? Juste une question de gros sous puisque, étant fils unique, l'héritage lui revenait de droit. Et pas autre chose. On comprend pourquoi Charles avait accéléré l'accès au Royaume des Cieux à son papa qui, de toute manière, attendait depuis si longtemps cet instant irréversible. Ou, du moins, l'avait-il supposé. Finalement, peut-on réellement parler de meurtre dans ce cas, sachant qu'il lui avait rendu un fier service ?

Morale, justice et raison ne faisant pas toujours bon ménage.

Malheureusement pour lui, ce ne furent pas des billets de banque flambant neufs, mais les aisselles de Gégé l'anencéphale qui lui ouvrirent les bras. Mauvaise pioche ! Chose qu'il n'arrivait toujours pas à digérer.

Quant à la nausée, elle prenait tous les jours davantage d'ampleur.

Charles De La Bonbonnière comprit que rien ne changerait la situation qu'il vivait désormais au quotidien, les portes de la bâtisse étant cadenassées et sécurisées. On aurait même dit que le milieu carcéral limitait son caractère chétif et quelque peu douillet. On aurait dit seulement. Car il lui suffisait d'entendre un Grrrrr Grrrrr de Gégé pour retourner à l'état de larve. D'autres eussent dit de lavette, notamment Lola.

Autre chose agaçait sérieusement Charles De La Bonbonnière, l'inquiétait même au plus haut point. Son ami psychiatre était venu lui rendre visite à la prison et l'avait informé de l'envoie de la lettre anonyme, celle qui l'avait conduit dans ce lieu confortable suite à l'autopsie du père !

Dénoncé par cet inconnu sans gêne, Charles, rendu au bord de l'apoplexie, comprit que quelqu'un savait tout de l'affaire et qu'il voulait le détruire à jamais. Adieu les billets verts.

Découvrir à tout prix la vérité devenait sa seule chance de se libérer de ce merdier sans nom !

Qui pouvait être ce Corbeau malotrus ? De sa prison, il n'avait aucune possibilité de mener son enquête. Quant à demander un coup de pouce à Gégé, son colocataire anencéphale, l'idée s'arrêterait uniquement audit coup de pouce : l'anencéphalie ne permettant pas de saisir la subtilité des métaphores obscures.

Personne ne connaissait l'identité du Corbeau. La résolution de l'enquête n'avançait pas, ce qui n'arrangeait pas les affaires de Charles qui ne souhaitait qu'une seule chose : se barrer de cet affreux endroit. La criminelle s'était mobilisée en vain et nul ne savait quelle piste prendre. Il faut dire aussi que la lettre anonyme avait été fabriquée à l'ancienne. Non pas à l'aide d'une vieille machine à écrire dont la typographie, parfois caractéristique, peut conduire à l'origine de l'objet dénonciateur, mais bien par découpage de mots dans divers journaux. Du grand art s'il en est, même si le collage laissait quand même à désirer. Bien sûr, aucune empreinte n'y avait été déposée. Pas plus qu'un bout d'ADN collé sur le timbre puisque ladite lettre n'en possédait pas.

La police, vexée, ne pouvait tolérer un tel échec. Il fallait un coupable qui ferait la une des tabloïdes aussi célèbres que Qui ? Police ! Détective dans la nuit, Gala ou encore Voici. Ainsi, nos trois policiers furent-ils à nouveau mandatés pour mener cette drôle d'enquête. Lorsque le commissaires les remit sur l'affaire, ils eurent, sans se concerter, comme un mouvement de recul désespéré. Pourquoi une telle attitude alors que leurs cartes officielles leur donnaient tout pouvoir ?

Dans l'absolu, rien de concret. Mais tous se mirent à songer qu'il leur faudrait, une nouvelle fois, rencontrer les êtres du bureau. Et que faire face à une Bernadette, une Joyce, une Monique, un Bernardo ou un Gérard bien en chair ! Personne, et surtout pas la police, n'avait été formé pour interagir avec ce type de personnalités.

Leur expérience initiale avec eux - échec des plus cuisants - les mettaient très mal à l'aise car ils avaient eu l'impression d'avoir été déshabillés des pieds à la tête sans qu'aucune parole ne fut prononcée, sans qu'un seul regard ne fut véritablement posé sur leurs êtres, les privant, d'une certaine manière, de leur existence propre. Leur cartes de policiers assermentés n'avait eu aucune action sur ces âmes insensibles aux codes régissant les fonctionnements des Sociétés Modernes. La peur, au sens où nous l'entendons classiquement, ne les avait pas ébranlés. Ils étaient restés là, impassibles à cet instant qui ne les concernait pas.

Mais insister auprès d'eux risquait – les policiers le supputaient - de les mettre en une bien mauvaise posture.

L'asiatique, assimilé désormais à un rouleau de printemps par Joyce, ne comprenait pas pourquoi l'odeur de la sauce soja qui flottait dans son domicile lui coupait à ce point l'appétit. Les deux autres présentaient les mêmes types de ressentis, bien qu'ils fussent différents.

Tel était le pouvoir insondable des êtres du bureau !

Le pangolin, être lui aussi insondable car quelque peu fantasque, et rendu responsable de la catastrophe planétaire, ne se souciait plus de la marche du monde puisque, nous l'avons vu, il avait fini découpé en petits morceaux dans un laboratoire à des fins d'analyses. Paix à son âme ! Ne restait de sa carcasse que son action décapante via le virus à tête couronnée.

Cette si petite chose mesquine et invisible à l'œil nu continuait à mettre le monde à genoux. On mourait toujours autant sur les places publiques. Asphyxiés, les hôpitaux ne savaient plus où donner de la tête. Asphyxiés étaient aussi les gens qui se rendaient aux services des urgences pour quémander quelques gouttes de ce précieux oxygène.

Les réanimations n'en pouvaient plus de s'occuper de ces foules qui devaient rester quelques trois semaines avec le tuyau dans le bec. Trois semaines, c'est bien long quand on sait que le nombre de places avait été limité au fil des années par les divers gouvernements pour faire des économies. Ces patients tournés régulièrement sur le ventre, puis renversés sur le côté, et enfin un peu sur le dos donnaient l'impression, par leurs rotations incessantes, qu'on se trouvait dans une rôtisserie géante.

Bienvenue chez Rôtissimo !

L'ambiance basculait du côté de la morosité générale, un peu comme si tout espoir d'avenir venait d'être effacé d'un seul revers de main. Le confinement n'avait pas arrangé les affaires créant, au sein des familles, de sérieuses dépressions. L'accès au soin ne se faisant désormais que par visio, un peu comme si l'on regardait la télévision après avoir mis un jeton. Et… à la semaine prochaine ! Fermées, les écoles et les universités ne contenaient plus âme qui vive. La transmission des savoirs allait prendre un sérieux coup de frein.

Heureusement que les Angelots de la télé reality se trouvaient toujours là pour nous signifier qu'il fallait croire en l'avenir, que le muscle luisant conduisait, de fait, à l'amour, à la richesse et à la gloire. Qu'un bronzage éternel valait bien mieux qu'une tournure de phrase à la spiritualité fortement déplacée puisqu'utilisant, pour être élaborée, quelques neurones à fonctions surfaites.

Était-il là l'espoir ? Ces instants éphémères qui avaient le pouvoir de faire rêver la jeunesse pour la conduire vers une construction indéfectible de leur futur. Les Angelots étant une passerelle des plus fiables.

Quant à Tinderland et autres Tics et Toques, il fallait que les confinements se terminent au plus vite. Les multiples dons de soi à de purs inconnus ne trouvant plus de quoi alimenter lesdits réceptacles : réceptacle rimant avec tabernacle ! Pour les structures chibroïdes tendues à l'extrême par le passé, elles avaient désormais tendance à se friper puisqu'en mal de cet indispensable ego boost qui les faisait exister : la taille d'un index n'ayant jamais atteint le dix-huitième percentile.

La réalité du confinement ramenait l'être à sa triste condition !

Telle était la terrible loi du covid.

Dans ce cabinet croquemoresque qui ne payait pas de mine, les cinq se faisaient une joie de taper les rapports de mise en bière surtout depuis qu'ils savaient que les travailleurs sous obligation allaient se prendre une prime de mille euros ! Peut-être serait-elle renouvelée dans les quelques semaines à venir, comme il le fut supputé dans le fenestron de l'Élysée.

Dire qu'ils s'en faisaient une joie demeure bien sûr un gros mot, puisqu'une fois encore, accéder à leurs pensées reste le plus grand rébus de l'histoire. Bon courage.

Une seule question doit se poser ici : qu'allaient-ils faire de cet argent qui tombait du ciel ? Pour Bernadette, la réponse tenait de l'évidence : les serre-têtes bleu marine retrouveraient une nouvelle vie une fois Monop rouvert. Grandiose quand on y songe un instant.

Monique, du fait de sa carence en Basilic Fist, s'achèterait sans doute quelques dérivatifs puisqu'il fallait, à tout prix, mettre en sourdine la petite voix qui commençait à la réveiller d'une manière de plus en plus inquiétante à partir des deux heures du matin. Moniiiiiique ! Car le problème de cet authentique Moniiiiiiique criant de vérité était l'absence de continuum. Ni verbe ni complément associés pouvant faire accéder à un quelque chose qui aurait pu conduire vers un dialogue intérieur des plus fournis. Ne restait pour elle qu'à trouver un exutoire efficace.

Aussi décida-t-elle de commander deux cents kilos de protéines en poudre pour compenser la pénurie en fibres musculaires qui commençait sérieusement à se faire ressentir. Souriant à cette décision courageuse, ses masséters remontés au niveau des tempes - car eux aussi musclés à l'extrême - lui donnèrent un aspect des plus ragoutants : le côté champ de blé de sa chevelure parfaitement soignée n'y changeant rien. On comprend mieux pourquoi, à ce jour, personne ne l'avait invitée à l'Hippopotamus du coin !

Ces mille euros suffiraient-ils pour changer la prothèse de Bernardo qui, d'une part, était passablement tordue occasionnant une certaine boiterie, mais avait aussi souffert de l'attaque acide par Bernadette ? Sans doute. Mais pour faire, il fallait qu'il se rende d'abord sur le dark net, ce haut lieu du commerce équitable. Jamais, à ce jour, il n'avait osé un tel vertige. Franchirait-il le pas qui le conduirait dans cette caverne d'Alli Baba virtuelle à prix cassés qui faisait de la misère sociale son fond de commerce ? Vu comme son Français était de piètre qualité, il hésitait à s'en mordre les doigts car, étant aussi dyslexique, les mots qu'il tapait sur son clavier n'avaient pas toujours le sens premier qu'il pensait avoir écrit.

Promo pouvant se transformer aisément en porno !

Joyce savait que si son baveux décédait, la Direction des Affaires Hygiéniques et Sociables ne donnerait pas un sou pour participer aux frais de mise en bière. Radine Direction. Aussi fallait-il que sa rente à vie respire de manière quasi éternelle, même si le fil de bave la rebutait toujours autant. Aussi décida-t-elle d'investir, grâce à cet argent, dans l'essuie tout mono feuille. A cinquante centime le paquet, elle ne perdait pas au change. De plus, elle fit une commande d'eau de javel en bidons de dix litres puisqu'on ne désinfecte pas assez ceux qui se pensent aimés.

La rente à vie devant rester intacte.

Ces mille euros obsédaient Gérard au plus haut point puisqu'il ne savait absolument pas quoi faire de cette modique somme qui serait sans doute renouvelée dans quelques temps. Car rien ne lui plaisait davantage que de regarder les épisodes sur la Chasse au sanglier en Sologne. Et pour ça, il lui suffisait d'appuyer sur le bouton *On* de son téléviseur. Bien sûr, il y avait toujours les potentiels rendez-vous galants, mais vu la claque qu'il venait de se prendre depuis sa dernière tentative de tindérisation, il conservait quelques hésitations bien compréhensives. Finalement, ce fric, il n'en ferait rien.

Une façon bien à lui de ne pas tomber encore plus bas.

Lola qui venait de se faire un petit surplus d'insuline se souciait de son petit-fils qui pourrissait en prison. Était-il bien traité ? De nouveaux amis lui tenaient-ils compagnie ? La nourriture carcérale suffisait-elle à lui donner la force pour tenir le choc ?

Stop ! C'est bien de Lola dont nous parlons, et surtout pas de Mère Térésa. L'insuline, dans son cas, n'ayant pas le pouvoir d'activer les zones cérébrales de l'empathie, ou pis encore, celles de la compassion. Pour tout dire, Lola ne se souciait guère de Charles qui pouvait, au sens premier des termes, pourrir et crever en prison. Elle s'en foutait royalement comme de ses premières chaussettes, mais pas de ses premiers bigoudis (elle les avait sur la tête.)

Regardant son Brutus aux dimensions devenues disproportionnées, elle sut que lui seul resterait l'amour de sa vie, et surtout pas l'autre larve amorphe, comme elle le nommait. Hum Hum… lança-t-elle au clébard qui se sentait aimé comme homme ne l'avait jamais été en ce monde.

Réconfortée, Lola se leva légèrement titubante de son fauteuil pour se rendre à son boudoir qui n'était qu'un capharnaüm innommable croulant sous la poussière. Elle y entra accompagnée du molosse pour s'assoir à son bureau digne de celui du premier Ministre au palais de l'Élysée. Des journaux jonchaient la surface dudit meuble, les horoscopes en tête.

Elle posa ses mains sur la surface du meuble pour regarder de l'avant. Bien sûr, elle ne vit rien de particulier, puisque n'ayant pas l'habitude de faire la moindre des projections. Intriguées, ses yeux se posèrent sur un ensemble d'objets dont elle n'avait pas vraiment l'habitude d'utiliser. Elle y vit des ciseaux, de la colle et des bouts de mots éparpillés par-ci par-là. Des enveloppes se tenaient également non loin de là.

Ah Ah… fit-elle sans se rendre au-delà de cette surprise.

Qui pouvait bien avoir mis un tel bazar sur son bureau ? Et pourquoi autant de mots découpés alors que pour écrire il lui suffisait de prendre un stylo. C'était à n'y rien comprendre. D'ailleurs, elle n'y comprenait rien. Discrètement, elle se tourna vers le dogue allemand, un peu comme si elle le suspectait d'un tel désordre. Se sentant culpabilisé, Brutus lâcha l'équivalent d'un bol de bave qui éclaboussa le parquet. On aurait même dit qu'il se sentait vexé que Lola ait pu avoir de telles pensées à son égard. Le voyant au fond du trou, sa maîtresse comprit qu'il n'était en rien coupable. Tel un ami retrouvé, elle se prit une centaine de coups de langue sur le visage. Une fois n'est pas coutume.

Lola qui perdait la boule avec ces shoots d'insuline ramassa les objets qui se trouvaient sur le bureau pour les mettre à la poubelle.

Adieu les preuves tant recherchées par la police.

Hum Hum… se contenta-t-elle de dire !

A vingt heures-trente précise, Directeur Général de la Santé Publico-Pudique apparut sur le petit écran, resplendissant de fierté. Le nombre de morts covidisés avait une légère tendance à s'infléchir vers le bas. Était-ce là les effets des mesures drastiques mise en place pour éviter la propagation du virus, ou s'agissait-il simplement des premiers effets de la vaccination ? Difficile de le dire tant les divers acteurs médiatiques tiraient la couverture à eux, ce qui leur apportait ce maximum d'audience servant à flatter, il faut bien l'avouer, leur ego. Et chacun y allant de sa propre allégation, du moment que ladite vérité fût portée par un verbe haut, et surtout agressif.

On se crêpait le chignon sur les plateaux télé, ce qui donnait une vision des plus encourageantes à ce pauvre peuple de France rendu au bord de l'autolyse.

Au moins, les courbes s'inversaient, les camemberts rétrécissaient et les histogrammes s'aplatissaient ! Que désirer de plus ? Même les voisins sonnaient à nouveau à la porte pour quémander un bout de sucre ou un œuf. C'est dire.

Bien sûr, les antivax se contentaient de crier au scandale au vu de ces résultats car eux savaient que le nombre de morts lié aux vaccins était nettement supérieur comparé à l'action létale du virus. Comment connaissaient-ils la vérité alors que jamais elle n'avait été publiée dans les revues scientifiques ? Pas besoin de s'appuyer sur ces gazettes qui prônaient uniquement le mensonge. Les conclusions des études cliniques commanditées par les firmes pharmaceutiques engageaient toujours des statisticiens chevronnés qui utilisaient les meilleures variables pour rendre les tests absolument significatifs.

Chose curieuse, les Éclairés qui savaient toute la vérité, et rien que la vérité, finissaient régulièrement les pieds devant. Boire des litres de jus de légumes crus, aussi délicieux fussent-ils, n'ayant pas l'action antivirale souhaitée. Les croyances les plus absolues trouvant toujours un auditoire prêt à se mettre à genou devant ses propres icônes.

Au moins, nous fîmes la connaissance de ces nouveaux courants de pensées proposés par les QAnon, les Adeptes de la terre plate, les Reptiliens et même les Illuminati. Que du beau monde : on en redemandait.

En quelque mois seulement, cette pauvre terre venait de mettre à la poubelle les millions d'années d'évolution ayant abouti à la mise en place des systèmes de la pensée critique de l'homme. Bien sûr, Gégé étant une exception à la règle car n'ayant pas développé ses lobes frontaux, d'où ses incarcérations répétées.

Même si les cervelles débutaient leur lente involution, les Angelots de la télé reality continuaient à faire rêver. Muscle et bronzage éternel ayant un pouvoir d'identification des plus absolus, via Tics et Toques et autres Clics et Cloques.

Quant aux complotistes, par leurs vérités vraies dites avec une telle assurance, ils nous exonéraient, désormais, du pouvoir de penser.

Il suffisait d'y croire.

Nos trois policiers chargés de l'enquête ne savaient pas par quel bout recommencer. Personne ne comprenait le déroulé de l'intrigue. Sans doute le mobile du meurtre présumé devait-il être l'argent. Pour le moment, rien de bien compliqué dans l'élaboration de cette hypothèse des plus simplistes : Charles De La Bonbonnière héritant de son père plus tôt que prévu. Mais voilà, retrouver de l'insuline dans le corps du géniteur ne faisait pas de lui un authentique meurtrier. Le père aurait pu se l'injecter lui-même. Rien n'accusait Charles hormis la fameuse lettre anonyme dont nous connaissons désormais l'auteur, ou plutôt l'autrice !

Comme témoins potentiels, la police misait sur les cinq secrétaires qui devaient forcément savoir quelque chose, et sur Lola puisqu'elle était diabétique. Aussi, nos trois policiers se reprirent-ils en main car ils devaient aller interroger tout ce beau monde. Ils savaient que ce ne serait pas de la tarte. Leur expérience précédente les ayant convaincus du pire.

Aussi prirent-ils d'assaut le bureau des cinq scribouillards sans frapper à la porte de l'établissement. L'effet de surprise pourrait jouer, selon le plan élaboré, en leur faveur. Malheureusement, ledit plan ne fut pas une réussite puisque nos cinq secrétaires, absorbés par leur mission de la plus haute importance, soulevèrent à peine le sourcil lorsqu'entrèrent les policiers.

Une fois n'étant pas coutume, ce fut le chemisier de Monique qui donna le *la* en émettant un bruit cinglant qui signifiait qu'il était bon à mettre à la poubelle. Quiconque se fût retrouvé posté derrière elle aurait remarqué des muscles dorsaux d'une rare élégance. L'haltérophilie ayant pour mission première de mettre les corps en valeur !

Ce bruit de chemisier se déchirant lentement fut considéré par les forces de l'ordre comme une menace certaine qui ne tarderait pas à s'abattre sur eux. Ils furent instantanément déconfits et préférèrent rester à bonne distance de nos cinq supposés déficients qui s'étaient mis enfin à les regarder d'une drôle de façon. Le capitaine de l'équipe reprit son sang-froid et tenta de formuler la raison de leur retour en ce lieu quelque peu autopsique.

Les règles syntaxiques refusèrent de se mettre en place en cet espace clos.

Ouvrant la bouche pour prendre l'ascendant, le chef de la troupe se mit à bégayer tel un retour à son enfance quelque peu brimée. Il venait d'en perdre son latin, chose qui ne serait jamais arrivée à Bernadette puisque le travaillant tous les dimanches à la messe. Les deux autres policiers pris dans la même spirale ne lui furent d'aucun secours tant, eux aussi, se sentaient dépossédés de leurs assises.

La chasse au sanglier se reflétait dans les yeux de Gérard.

Malgré le brassard rouge qu'arborait leurs biceps, ils firent le constat que leur verve restait définitivement en berne. Une blessure narcissique qu'ils auraient bien du mal à digérer. Le beau gosse asiatique que regardait Joyce avec dévoration famélique sentit dans son dos s'écouler une froide sueur qui indiquait que la syncope n'allait pas tarder s'il restait une minutes de plus en cette contrée asphyxique. Une insupportable odeur de nem périmé flottait désormais dans ses narines.

Le troisième policier au teint légèrement basané ne fut pas non plus des plus à l'aise quand il aperçut la prothèse de Bernardo qui brillait comme le canon d'un fusil à pompe. Le piège se refermait sous le regard d'une Bernadette qui remettait en place son serre-tête bleu marine.

Le chef policier n'arrivant toujours pas à aligner deux mots sans bafouiller s'excusa auprès des cinq secrétaires en disant qu'ils s'étaient manifestement trompés d'adresse ! Il savait que cette porte de sortie n'était pas des plus glorieuses mais il fallait bien qu'il sauvât la mise à cette humiliation collective vécue sans que le moindre mot ne fût prononcé de la part des cinq.

Une fois rendus hors de cet antre maléfique, les forces de l'ordre se jurèrent de ne plus jamais entrer en contact avec ces êtres qui avaient le pouvoir de vous mettre à nu en un seul regard.

Leur dernier espoir se tournait désormais vers Lola.

Hum Hum… aurait dit celle qui ne tarderait pas à les recevoir dans son terrier !

L'épisode rangé au placard, les cinq réintégrèrent aussitôt la mission pour laquelle ils recevaient leurs émoluments mensuels. L'inconfort de leurs chaises en formica, nous l'avons vu, étant là pour ne jamais leur faire oublier à quel point on comptait sur leurs performances en matière de frapperie. Les amollir eût fait tomber le chiffre d'affaires de la boîte de quelques milliers d'euros annuels. Mais pour eux, s'assoir sur du bois ou sur un coussin rembourré recouvert de velours revenait à peu près au même : leurs pensées s'efforçant de ne jamais prêter attention aux désagréments de la vie jugés quelque peu cosmétiques.

Cet état d'esprit leur permit d'effacer de leur mémoire immédiate la venue des cinq policiers repartis bredouilles. Bien sûr, ils se souvenaient qu'ils étaient passés les voir et que la raison devait certainement avoir un rapport avec leur employeur qui pourrissait en taule.

Savaient-ils quelque chose de cette histoire ? Absolument pas ! Voulaient-ils connaître les tenants et les aboutissants de l'intrigue ? Encore moins. Alors que désiraient-ils en cet instant tragique ? Qu'on leur foute la paix et rien d'autre. La constance leur allait tellement bien.

Ils repartirent instantanément à leurs rapports de la plus haute importance.

Arrivée chez elle à dix-neuf heures, Monique fut ravie de constater que les deux cents kilos de protéines en poudre avaient été livrés dans le hall de l'immeuble. L'ascenseur en panne, elle jubila en pensant qu'elle devrait monter la manne à la force des biceps sur dix-huit étages.

Excitée comme on peut rarement l'être en pareille circonstance, elle fonça à toute vitesse jusqu'à son appartement et choisit une tenue ductile qui lui allait à merveille. Il va sans dire que ce vêtement d'haltérophilie reçue par Chronopost était du dernier cri.

Sa mère ne lui avait-elle pas dit, petite, que si elle voulait incarner une présence certaine, mieux valait qu'elle passe par quelques artifices qui la mettrait en valeur ? Des mots restés gravés dans la tête de la petite pour l'éternité. A cette époque, Monique ne savait pas encore que l'haltérophilie serait son sport de prédilection servant à mettre en veilleuse la petite voix arrogante.

Aussi commença-t-elle, telle un sherpa, le transfert des deux cents kilos de protéines vers son appartement. Ravie par la mise en application de cet exercice hors norme, elle comprit qu'elle venait de trouver un substitutif provisoire à la fermeture de Basilic Fist.

Monique pourrait enfin redormir en toute tranquillité.

Le transfert terminé, elle ouvrit l'une de ces boites et se fit un milkshake d'un litre qu'elle but d'une seule traite sur son canapé recouvert de serviettes-éponges.

Satisfaite à plus d'un titre par cet exercice, elle eut, pour la première fois de sa vie, l'impression qu'elle pouvait prendre son destin en main en trouvant des solutions efficaces à sa vie.

Un rictus des plus affriolants s'en prit à son visage qui ne possédait pas la moindre des grâces ! Mais peut-être avait-elle un peu trop forcé sur la musculation des masséters…

Bernardo ne digérait toujours pas l'affront fait par ses frères et sœurs le jour de l'enterrement. Il n'avait pas été gravé sur la fresque familiale et connaissait désormais la raison véritable de son handicap. De quoi le rendre des plus agacés. De rage, il tordit sa prothèse en l'appuyant fortement sur le lino qui recouvrait l'ensemble des pièces de son appartement. Lorsqu'il se leva, on pouvait constater que son équilibre déjà précaire venait d'en prendre un sacré coup. Il tomba. De rage, il se rendit à son ordinateur et osa l'impossible.

Alors que rien ne l'aurait laissé présager, Bernardo entra dans le dark net ! Comment réussit-il cet exploit qui demandait, il faut bien l'avouer, quelques connaissances techniques ? Personne un tantinet lucide ne serait en mesure de le dire tant son fonctionnement s'exonérait des règles édictées par les sociétés modernes. Mais peut-être réussit-il cet exploit après avoir fait une fausse manœuvre sur son clavier. L'histoire ne le dit pas.

Bienvenue sur le dark net !

Déboussolé d'être entré dans ce haut lieu du partage et du commerce équitable, il resta un long moment sans savoir quelle voie choisir. Les rubriques proposées changeaient radicalement de celles que l'on pouvait observer sur Google et autre moteur de recherche officiel. Une caverne d'Alli Baba tentaculaire s'offrait à sa propre gourmandise jusque là brimée par son handicap.

Le Monde l'accueillait à bras ouverts.

Il commença par naviguer dans ce lieu surprenant qui ne s'embarrassait point de conventions éthiques. On trouvait tellement de tout qu'il était bien difficile de ne pas se laisser hypnotiser par ces prix défiants toute concurrence. Quelle que soit la demande, celle-ci était honorée sans qu'aucune condition ne soit formulée.

Le temple des temples se trouvait bien dans ce lieu virtuel.

Avançant de pages en pages, il eut soudainement l'impression que quelque chose clochait. Au départ, il ne sut qu'en penser puisque sous l'emprise de ce moteur de recherche qui tentait de le tenir prisonnier en son sein.

Les publicités inondant son écran mettaient en scène de drôles de spectacles faits pour l'essentiels de chairs malléables et soumises à l'extrême. Des cris issus de souffrances physiques véritables entraient dans ses oreilles sans la moindre des retenues. Les armes, dont la vente faisait la gloire du site, brillaient de mille feux et démontraient, preuves à l'appui, leur efficacité redoutable. Des gosses ayant perdu toute lueur d'espoir se contentaient de regarder les caméras qui les filmaient au plus offrant.

Puisque telle était cette caverne d'Alli Baba, d'autres pages montraient comment fabriquer des gros pétards à l'aide d'engrais et de chlorure de quelque chose : les cagoules recouvrant les visages donnant un petit air de fête. Des suprématistes plus blancs que blancs faisaient des feux de camps en applaudissant à tout va devant des corps quelque peu maltraités. Cartes bleues, sachets de farine diverses et variées servant à déboucher les sinus s'affichaient avec délicatesse, mais aussi passeports, cartes vitale et autres ustensiles indispensables ne cessaient de se déployer telle une interface mettant en lien des instances d'un genre particulier qui ne s'embarrassaient pas des lois que la République imposait pour le bonheur de tous.

Poursuivant son odyssée, il revint à la raison pour laquelle il s'était introduit dans ce lieu ultra confidentiel. Tapant le mot prothèse, il fut subjugué de constater qu'avec sa prime de mille euros il avait la possibilité de s'offrir deux paires quasi neuves. Il passa commande avec une rare délectation. Enfin, il pourrait remarcher sans la moindre boiterie. Bernardo, tellement content de ses achats, ne remarqua pas que l'une des prothèses provenait l'Alep, l'autre de Tchétchénie. Bientôt, son colis arriverait sous pli recommandé. La qualité du service ne laissant pas à désirer : on pouvait faire confiance en cette industrie parallèle.

Et puis, ce qui devait arriver arriva. Il tapa le mot promo (du moins en fut-il convaincu.) Sa 'dyslexie' toujours aussi féconde ne marqua pas le mot souhaité. Bien sûr il fut remplacé pas cet autre quelque peu anodin aux sonorités proches : porno. Telles sont les lois de la dyslexie. Dix mille pages toutes aussi raffinées les unes que les autres s'ouvrirent à son champ de vision. Elles ne faisaient pas dans le dentelles en soie. Il fut embarrassé lorsqu'il comprit que quelque chose clochait avec le dark net. S'agissait-il de valeurs morales qui interagissaient avec ses sombres pensées mal élaborées ? Un doute authentique venait de s'en prendre à Bernardo. Cependant, il ne le resta pas bien longtemps. Il en fut soulagé.

Aussitôt le trouble passé, la vision de La Direction des Affaires Hygiéniques et Sociables s'installa dans son esprit de petit garçon amputé. Revenant à sa condition délétère, il comprit que le monde comportait diverses catégories sociales. Celle porté par une normalité des relations interhumaines, une autre beaucoup moins glorieuse cachée derrière le dark net et enfin, la sienne :

la même qui l'avait conduit à travailler dans ce cabinet croquemoresque.

La dark net n'étant pas sa tasse de thé, Bernardo mit son ordinateur en veille. Lumière éteinte, il s'endormit tel un bébé en rêvant à ses prothèses exotiques qui le rendraient aussi rapide qu'un Usain Bolt ou qu'un Bip-Bip poursuivit par le Coyote.

Bernadette déprimait sérieusement dans son faubourg abritant le château de Versailles. La carence en serre-têtes commençait sérieusement à amplifier son reflux qui ne tarderait pas à lui arracher l'œsophage. En mourait-elle pour autant ? Pas sûr : les lois de la médecine ne s'appliquant pas toujours aux conditions d'existences extrêmes.

Bon sang, mais quand Monop allait-il enfin ouvrir définitivement (là, c'est Bernadette qui se parle à elle-même) ? Ayant encore un peu envie de rester sur cette terre, elle souhaita que l'épidémie se terminât au plus vite. (Venant de Bernadette, cette déclaration peut sembler des plus étranges.) Une fois le magasin ouvert, la prime accordée par l'État pour bons et loyaux services trouverait chaussure à son pied.

Elle regarda par sa fenêtre comme d'autres regardent la mer.

La vision qui s'offrait à elle ne déclencha aucune émotion tant elle semblait étrangère au monde qui l'entourait. Bernadette referma le rideau et partit se coucher.

Pas un instant elle ne rêva.

Pour Joyce, la situation dans son appartement ne s'améliorait guère. Son mari venait d'attraper une vilaine infection de la bouche, ce qui majorait puissance dix le flux salivaire qui s'écoulait allègrement. Pourtant, elle avait fait tout le nécessaire pour que jamais une quelconque infection ne puisse se rendre à son homme recouvert de son drap en coton aromatisé à l'eau de javel, au Synthol et aux huiles essentielles. S'il mourrait, la rente à vie s'envolait ! C'était aussi simple que ça. Il fallait, vaille que vaille, le sauver de cette terrible fétidité qui, si elle gagnait, mettrait à mal le pouvoir d'achat de Joyce.

Elle se posta face à lui et lança un regard des plus sévères. S'approchant au plus près de son visage, elle constata qu'il ne comprenait manifestement pas les messages qu'elle tentait de lui faire passer. Dieu sait pourtant qu'ils n'étaient pas difficiles à saisir. Dans ce cas, comment ne pas s'énerver davantage. Aussi desserra-t-elle les mains qui commençaient sérieusement à appuyer fortement sur sa trachée (à lui.)

Le baveux dont le regard était devenu proche de celui de la limande sur glace pilée retrouva sa jolie teinte rose saumonée en un instant. Bien sûr, il ne fit aucun commentaire désobligeant puisqu'il ne comprenait strictement rien à cette mise en scène qui se déroulait en direct sous ses yeux.

Être amputé de tout n'arrangeant pas les échanges verbaux, surtout lorsque l'on veut exprimer tout son mécontentement. C'est dans ces circonstances que l'on comprend l'utilité de posséder une cervelle intacte.

Joyce semblait désemparée à tout jamais. Le covid, son baveux, la carence en nems croustillants : c'en était vraiment trop ! Elle se savait femme forte et prête à encaisser beaucoup de choses, mais là, il ne fallait surtout pas abuser.

Petite, sa mère ne lui avait-elle pas appris qu'en cas de problème majeur seules les solutions radicales sont toujours les meilleures ?

Folle de rage, et se souvenant de ce sage précepte, elle prit un paquet de compresses qu'elle imbiba d'eau de javel et les fourra dans la bouche du baveux qui n'en menait pas large. Au moins, avec ce procédé, la bouche serait parfaitement désinfectée. Pour entériner le tout, elle colla une bande de rouleau adhésif sur cet appendice buccal. Une façon efficace de maintenir les compresses bien en place.

Sur cet acte de grande bravoure qui ne tolérait aucun commentaire désobligeant, Joyce fit comme ses collègues. Elle se mit au lit et éteignit le plafonnier.

Pour la première fois en vingt ans, elle n'entendit pas le moindre grognement sortir de la mandibule du cloporte, comme elle le nommait si joliment.

La Haine qui la colonisait depuis la nuit des temps venait enfin de lui donner ses lettres de noblesse.

A deux heures cinquante du matin, le réveil de Gérard sonna. Comme à son habitude, il enfila ses pantoufles ainsi que son peignoir, puis partit dans le salon allumer le téléviseur. La Chasse au sanglier en Sologne n'allait pas tarder à commencer. Trente ans qu'il vivait avec intensité et émotion cette retransmission nocturne que bien peu de gens regardaient. Faut-il s'en offusquer ?

Les premiers sangliers arrivèrent sur l'écran de ses passions. Le saisissement fut tel et la joie si intense qu'il faillit faire une syncope. Il faut dire aussi que le marcassin filmé en gros plan avec son museau face à la caméra semblait directement s'adresser à Gérard en faisant quelques groin-groin de son cru : groin-groin assimilés, assurément, à des gros mots d'amour on ne peut plus explicites. Bien sûr, si les bonnes âmes avaient été tenues au courant de cette fascination qu'il portait à la famille des suidés non domestiques, elles eussent réagi en libérant un ramassis de commentaires tous plus désobligeants les uns que les autres. Et sans doute aurait-il été dénoncé à la Direction des Affaires Hygiéniques et Sociables afin qu'on lui supprimât l'écran plat. Heureusement pour lui, son appartement ne possédait pas de vis-à-vis et l'insonorisation de bonne qualité l'isolait de ses vilains voisins.

Par contre, un Claude Lévi-Strauss, être passablement en marge des Sociétés Modernes puisque lui aussi fantasque et fouineur, n'aurait pas hésité à faire de Gérard l'un des héros de ses livres à caractères loufoques. Un peu comme les aventures de Tintin au Congo ou bien Tintin et les Picaros.

Totémiser Gérard eût assurément été grandiose : son prénom portant à lui seul l'un des plus grands mystères en matière de sociologie des affects. Émile Durkheim à l'origine d'une œuvre sur le suicide doit se retourner dans sa tombe de ne pas l'avoir connu. Comme il eût été ravi de constater qu'un prénom bien mal choisi peut foutre une vie en l'air.

Bref, le rêve d'extension sociale et de gloire s'arrête là puisque personne ne connaissait cet être taciturne et ennuyeux à mourir. Aussi sommes-nous certains qu'il ne sera jamais mis au-devant des scènes médiatiques. Remercions vivement sa mère qui, petit, avait bien eu raison de lui dire qu'avec un prénom pareil, ses chances de survie s'approcheraient très vite du zéro pointé !

Aussi, la société pouvait-elle dormir en paix, et seuls les sangliers garderaient la primauté de ses affects.

A trois heures trente, l'émission terminée, Gérard repartit dans son lit. Il reprit un comprimé pour dormir et s'effondra comme une masse sur le souvenir de ces groin-groins avenants.

L'épidémie de covid commençait lentement à battre en retraite. Les hôpitaux se servaient de moins en moins des rôtissoires géantes pour faire tourner les patients dans tous les sens, histoire de les oxygéner en profondeur. Bien sûr, ce n'était pas la panacée mais cet état de fait suffisait à remonter le moral des troupes fatiguées d'utiliser ces linceuls fabriqués à bas coût.

Les gens, désormais las de se rendre aux enterrements, consentaient sans trop rechigner à recevoir leurs doses de vaccin, ce qui les empêchaient de passer l'arme à gauche. De plus, ces mêmes vaccinés s'étaient aperçus que d'une part leurs corps n'interféraient pas avec la 5G, et que d'autre part, leurs gonades n'avaient point été desséchées : un excès de naissance enregistré confirmant la fertilité desdits jus. Les ovules ayant aussi gardé une forme olympique.

L'État eut alors, en cette période de trouble persistant, une idée qui allait diviser le pays par sa radicalité. Fut proposé à tous les péquins constituant le peuple de France d'utiliser le fameux Pass Sanitaire pour aller dans les salles de spectacles, de sport, dans les restaurants et autres lieux de convivialité. Il servirait également à poursuivre son activité salariale, notamment dans les structures sanitaires. Ne pas posséder ce graal conduisant inéluctablement au chômage.

Aussi, suffisait-il de posséder un QR code, et de le montrer, pour accéder librement à toutes ces activités qui s'opposaient à la morosité ambiante. Au moins, les gens ne se trouvaient plus confinés entre quatre murs à regarder les Angelots de la télé reality !

Même les plus réfractaires, car riches en arguments élégants et absolument extravagants, se faisaient piquer à tout va dans le seul but de posséder le Pass dont la fonction secondaire était d'éviter la mort par dépression intempestive. Soit le péquin sortait de chez lui, soit il cassait tout. Le choix étant des plus limités, on comprend mieux cette envie de s'injecter au plus vite ces particules vaccinales.

De plus, la transmission des savoirs scolaires et universitaires en présentiel pourrait, sous peu, reprendre de sa verve. Et surtout, les parents n'auraient plus besoin de tenir la main de leurs lardons pour leur parler des règles grammaticales élémentaires qui les gonflaient sérieusement. Enfin sauvés !

Par contre, il ne fut pas précisé par la Maison Tinderland s'il fallait montrer son Pass (celui avec le QR code) pour se rendre du côté des tabernacles assoiffés.

Les vrais anti-vax vexés d'avoir été à ce point bernés par le Gouvernement mirent en route des réseaux parallèles qui serviraient à pallier ce petit souci. Les restaurants clandestins se mirent à pulluler : policiers et bandits dinant, le plus souvent, à la même table.

Ces mêmes anti-vax ne disaient pas Pass Sanitaire, mais bien Pass Nazitaire !

C'est dire à quel point leurs neurones avaient fondus comme neige au soleil. Les heureux Élus confirmaient la Loi de Godwin qui dit que plus une discussion en ligne se prolonge, plus la probabilité d'y trouver une comparaison impliquant les nazis ou tonton Adolphe s'approche de un.

Bingo les gars, et avec toutes nos félicitations !

Le burlesque prit à revers les anti-vax qui s'étaient lancés dans la confection de faux Pass Sanitaires. Malheureusement, ces fac-similés vendus entre cent et quatre cents euros ne protégeaient en rien du covid. Aussi assistâmes-nous à de grandioses vaudevilles dignes des plus grands Feydeau.

Les anti-vax avec leurs faux Pass Sanitaires colonisaient désormais les réanimations en tournant lentement sur leurs broches. Et tous ces vilains menteurs ne souhaitant qu'une seule chose : qu'on les sorte au plus vite de ce merdier asphyxiant qui risquait de les conduire dans les sachets fraîcheur.

Anti-vax rimant avec Ajax !

Les Rotissimo n'avaient pas encore fermé leurs portes.

Hé Hé, dit Lola qui venait de se faire un petit surplus récréatif d'insuline en compagnie de son Brutus d'amour. A ses yeux, rien n'était plus beau que ce dogue allemand qui ne cessait de se distendre sous les effets hypoglycémiants et quasi hypnotiques de l'hormone de synthèse.

Bien sûr, le clébard bien dressé s'empressa de donner un grand coup de langue sur le point d'injection puisque Lola n'avait toujours pas saisi qu'il fallait utiliser, comme agent désinfectant, une compresse imbibée d'alcool. Aussi félicita-t-elle Brutus d'être si bien éduqué.

Elle ne pensa pas au mot dressé, mais bien à celui d'éduqué puisque, par définition, sa maman, c'était elle. Son fils le dépressif mystique et la larve en découlant n'avaient été que des bévues emmerdantes au plus haut point : un dressage des plus manqués et sans aucun intérêt.

Seul Brutus méritait son respect absolu. Elle lui léguait sa fortune.

Mais ce Hé Hé ne sortait pas du ciel et trouvait la raison de son expression dans le fait que quelqu'un venait de sonner à la porte du bas. Légèrement titubante, Lola se dirigea vers l'interphone, puis appuya sur le bouton qui libérait de loquet du portail donnant sur la Rue de la paix. Elle entendit des pas précipités monter dans l'escalier. Oh Oh… dit-elle en s'adressant à Brutus.

Toc toc toc ! On venait de frapper à sa porte.

Les bigoudis sur la tête, elle ouvrit sans la moindre arrière-pensée : les voleurs ne traînant que très rarement dans cette rue en plein jour. Les yeux dans le vague, elle perçu comme des rubans rouges enserrant les biceps de ces trois hommes qui se présentaient à elle. Lola recula d'environ un mètre ne sachant que penser de cette mascarade. Le clébard fit de même en se léchant les babines.

Le capitaine qui n'était autre que celui qui s'était déjà rendu à deux reprises chez les cinq secrétaires fut légèrement inquiet en observant l'accueil que réservait cette noble Dame et son serviteur bavant. Suivi de ses congénères d'infortune, ils entrèrent groupés dans l'appartement en espérant ne pas finir dévorés par le dogue allemand qui ne considérait pas le véganisme comme un mode d'alimentation sérieux. Face au chien, leurs brassards ne servaient pas à grand-chose. Brutus, à l'instar du baveux, ayant un mal fou à comprendre le signal véhiculé par ces bandeaux d'une couleur rouge sang.

Miam Miam eût-il assurément dit si l'usage de la parole lui avait été accordé. (L'éducation portant toujours ses fruits.)

Embarrassés par la situation, ils finirent par développer les raisons de leur venue. Son fils, son petit-fils, le supposé meurtre, l'insuline dans l'œil, la prison et le Corbeau constituaient l'ordre du jour.

Mais voilà, la méconnaissance des effets de l'insuline sur Lola n'arrangeait pas leurs affaires car il suffisait de la regarder pour comprendre qu'ils parlaient à une créature ayant le plus grand mal à intégrer toutes ces informations. A vrai dire, elle s'en foutait royalement tant elle se trouvait ailleurs.

Alors qu'ils tentaient de l'interroger pour lui soutirer le moindre renseignement qui leur permettrait d'avancer, Lola vit à quel point, eux aussi, venaient de prendre trois tailles de plus. Elle se tourna vers Brutus afin de s'assurer qu'elle ne rêvait pas. Cette insuline (une nouvelle marque) possédait des qualités exceptionnelles !

Elle posa son index sur le chinois (du moins en avait-elle décrété ainsi) car jamais elle n'avait vu asiatique aussi grand. Il devait mesurer dans les un mètre quatre-vingts dix. Sans doute un héritier de la dynastie Ming, tout comme son service à thé. Quant au policier légèrement basané, Lola eut le sentiment d'avoir affaire au plus longiligne des cerbères sorti des contes des Mille et une nuits ! Une dose d'insuline en plus et elle se serait lancé dans la danse des sept voiles.

Dépités, les policiers comprirent que toute discussion les mènerait nulle part. S'ils insistaient, finir ridiculisés resterait pour eux la seule option. Une fois n'est pas coutume.

Aussi, l'œil passablement vitreux, Lola fit-elle un pas en leur direction accompagnée de l'amour de sa vie.

Hum Hum… leur lança-t-elle droit dans les yeux ! Quant à Brutus, il lâcha l'équivalent d'un saut de bave qui tomba sur leurs chaussures.

C'en était trop ! Les forces de l'ordre partirent en courant de cet appartement maudit en se jurant de ne plus jamais y remettre les pieds.

Adieu Corbeau.

Une semaine plus tard, l'affaire fut reconsidérée dans le plus grand secret. Les trois policiers bouclèrent leur rapport en confirmant qu'il s'agissait bien d'un suicide, et sûrement pas d'un meurtre ! Le père, dépressif comme on peut rarement l'être sur cette planète, s'était bien injecté des doses massives d'insuline. Dossier bouclé. Le juge pouvait libérer Charles De La Bonbonnière de sa prison.

De toute manière, jamais la police n'aurait pu avoir la moindre information puisque les seuls êtres potentiellement exploitables étaient Lola et les cinq secrétaires.

Dans ces conditions, inutile de tomber plus bas que terre et finir sous tranquillisants pour le restant de leurs jours.

Hum Hum… lancèrent-ils de concert.

C'est dire à quel point cette enquête les avait déboussolés.

Charles ne cessait de jeter un œil sur sa montre car il savait qu'à neuf heures pétantes Gégé entrerait dans sa cellule. En effet, l'anencéphale ne dérogea pas à cette règle d'or. La nourriture riche en gras que proposait la prison avait quelques effets sur la morphologie de cet homme qui ne possédait pas de lobes frontaux, et en conséquence, pas la moindre empathie pour les faibles.

De plus, Gégé ressemblait à une sorte de knacki ball sur pattes portant savonnette à la main. Vingt ans de pénitencier pouvant avoir quelques conséquences esthétiques fâcheuses.

Rendu dans les couloirs conduisant aux salles des ablutions, Charles eut un léger mouvement de recul bien compréhensible lorsqu'il vit les amis de Gégé réunis dans le fond de la pièce. Plus nombreux qu'à leur habitude, ils attendaient dans une tenue si légère qu'il eut l'impression de se trouver dans un salon de dégustation dont il serait - on peut le supputer - l'unique plat du jour. Dans ses conditions, inutile de faire demi-tour sachant que l'issu était déjà gravée dans le marbre.

Charles, résigné comme jamais il ne l'avait été, brandit poing levé la savonnette senteur de citron, et entra dans l'arène. Afin de faire passer la douloureuse, il chanta à tue-tête cette chanson de Mylène Farmer : Libertine !

Revenu dans sa tanière, Monsieur De La Bonbonnière décida d'aller voir le directeur de la prison pour se dénoncer du crime qu'il avait commis à l'encontre de son père. Il ne supportait plus les quolibets de ses collègues qui en redemandaient toujours plus. Et tant pis pour les deux millions dormant sur son compte off-shore situé au Bahamas. Sans doute, en se dénonçant préventivement, pensait-il (au vu de son statut social) qu'il aurait un aménagement qui lui permettrait, à l'avenir, d'être exonéré des ablutions collectives. On peut toujours rêver...

Arrivé dans le bureau de Monsieur le Directeur, Charles ouvrit la bouche pour s'accuser du pire. Il fut aussitôt coupé dans son élan car le Taulier sortit de son parafeur une lettre qu'il venait de recevoir du juge d'application des peines.

Lui fut annoncé sa libération immédiate. L'affaire était définitivement close.

Charles qui n'en croyait pas ses oreilles partit de vive allure vers sa cellule où il ramassa ses quelques affaires qu'il mettrait, une fois sorti, à la poubelle.

A passage, il évita de passer devant les habitations de Gégé qui allait perdre le plus touchant des amis. Possible qu'il ne se remette jamais de cette perte faisant le bonheur de ses petites matinées.

Son empathie allait en prendre un sacré coup !

A vingt heures-trente précise, le Directeur Général de la Santé Publico-Pudique réapparut sur le petit écran pour annoncer la nouvelle tant attendue par la France entière. Le virus ayant muté, il venait de perdre sa force destructrice. De plus, la campagne de vaccination massive avait eu l'effet escompté : l'immunité collective fonctionnait à merveille. Nous entrions dans l'ère de l'Omicron. Afin de bien montrer qu'il ne mentait point, il s'autorisa, ému, l'exposition de courbes, de camemberts et autres histogrammes qu'il détailla avec moult fierté.

Ceux-ci demeuraient aussi plats qu'une feuille en format A4 ! Les réanimations respiraient à nouveau.

Plus question de confinement ou autres subtilités mises en place pour protéger la population. Les gens pourraient désormais circuler à leur guise, et même aller travailler sans la moindre contrainte. Certes, cette dernière assertion n'était pas du goût de tout le monde puisque beaucoup s'étaient délectés des joies du télétravail. Se relever à sept heures du matin pour prendre les transports en commun risquait de chagriner certains qui n'hésiteraient pas à aller quémander une arrêt de travail à leur médecin traitant pour cause de fatigue intempestive.

Conscient qu'il s'agissait de sa dernière apparition sur les plateaux télé, le Directeur Général de la Santé Publico-Pudique fit un adieu déchirant à la France entière. Sans doute espérait-il une nouvelle crise sanitaire.

Une page dans l'histoire des épidémies venait de se tourner.

Nous savions cependant que d'autres virus feraient leur apparition : en tête ceux libérés par le permafrost sibérien, les pires à n'en pas douter. Les conséquences dramatiques du réchauffement climatique et de la déforestation à outrance constituaient de nouvelles variables qu'il faudrait rapidement intégrer.

Ainsi, la vie devenait un jeu de hasard comme l'est celui du pierre, papier, ciseau.

Qui allait échapper à la variole du singe ? A ce jour, personne, de loin ou de près, n'en avait entendu parler.

Alors que l'aube commençait à pointer à l'horizon, Bernadette faisait déjà la queue devant le Monop du coin qui n'allait pas tarder à ouvrir ses portes. Elle ne doutait pas que les serre-têtes bleu marine n'attendaient que sa chevelure pour être mis en valeur. (Nous savons qu'il n'en est rien puisque cet objet possède une fonction protectrice bien plus symbolique.)

Les portes ouvertes, elle se précipita dans ce magasin qui n'espérait que sa venue. Rendue au rayon que l'on sait, elle resta quasi sans vie lorsqu'elle s'aperçut, avec effroi, que les serre-têtes avaient déserté les étals. Cet instant d'inanition dura un temps certain. Il eut pour conséquence une remonté massive d'acide chlorhydrique qui lui tordit le visage de douleur.

Entre temps, la boutique se remplit d'une foule conséquente de clients trop heureux de retrouver leur petit chez soi.

Déboussolée au plus haut point, elle partit comme une folle faire le tour de l'enseigne car son instinct lui disait que le graal se trouvait caché quelque part. Elle eut bien raison de ne pas abandonner. Bernadette rendue quasi anoxique par la course qu'elle venait de faire tomba nez à nez avec l'objet de ses rêves. La carence imposée par ces mois de covid n'avait point altéré la passion affective qu'elle portait à l'objet. Pour peu, elle se fût mise à pleurer. Pour peu seulement.

Mais voilà, elle n'était pas la seule à vouloir cet objet qui enserrait les cervelles, et dont le seul but était de les enjoliver. Ne pas acheter compulsivement au cours de la période covid n'avait fait que créer des frustrations bien compréhensives qu'il fallait désormais compenser au plus vite. Le Click and Collect n'ayant pas le même pouvoir attractif.

Pas loin de dix clientes entouraient déjà l'objet de sa gourmandise : la concurrence serait dure. Et en effet, elle le fut. Les dix se jetèrent sur les serre-têtes pour les ranger illico dans leurs paniers de course.

Un seul resta sur le présentoir.

Alors que la main droite de Bernadette approchait du serre-tête tant désiré, une chose affreuse n'allait pas tarder à l'achever. En comparaison, toutes les pires catastrophes du monde ne justifiaient pas qu'on en parle dans les gazettes. Car, à cet instant précis, elle comprit que la terre se dérobait sous ses pieds.

Une main plus rapide que la sienne venait de s'emparer du Graal en le posant directement sur la tête. Plus un seul serre-tête en velours bleu marine n'était, désormais, disponible chez Monop. Un drame absolu pour qui le vivait en direct.

D'autres eussent parlé de Draaaaaama !

La femme qui venait de la doubler dans son action se retourna vers elle et lui sourit en arrangeant sa chevelure, comme ça. Manifestement, elle la narguait avec jubilation.

Bernadette émit alors le même hurlement que celui qu'elle avait lancé le jour de ses trois ans en cette même place. Elle s'évanouit sans le moindre commentaire.

La femme était noire ! Et non contente de l'être, elle était aussi la fille de cet homme sur lequel Bernadette s'était entravée le jour de sa première sortie dans le monde.

Les activités du bureau n'avaient plus la même intensité que par le passé. Les rapports de mise en bière retombaient lentement. Bien sûr, les gens - et c'est heureux - n'avaient pas cessé de mourir pour autant. Dieu en soit remercié (ce que faisaient tous les jours les cinq avec ferveur.)

Un travail un tant soit peu répétitif et frappadingue qui leur allait tellement bien. Et ce secteur d'activité ne connaitrait jamais le chômage : croque-mort étant une profession des plus lucratives. Il n'est pas dit des plus enviées.

Les cinq frappaient avec acharnement sur leurs machines à écrire car depuis la diminution du nombre de morts par covid, ils voyaient leurs primes de rendement chères aux sociétés modernes s'étioler avec les jours passants. Ces récompenses, nous le savons, servant à acheter ces quelques menus objets qui faisaient le bonheur de leurs vies, même si les langues mauvaises les eussent qualifiées de médiocres.

N'ayant toujours pas acquis l'écran plat, Bernardo tentait tant bien que mal de rattraper son retard. Aussi rythmait-il ses écrits en tapant du pied, ce qui donnait l'impression qu'un métronome l'accompagnait en permanence. Bernadette qui l'avait toujours mauvaise de ne pas avoir eu le fameux serre-tête du jour un de l'ouverture de Monop constata que quelque chose clochait. Elle s'arrêta un instant pour dévisager l'estropié, comme elle le nommait toujours entre ses relents acides qualifiés, on ne s'en lasse pas, de cosmétiques.

Baissant son regard, elle fit le constat qu'une nouvelle prothèse colonisait sa chaussure. Les inscriptions qu'elle portait à la partie supérieure permettaient distinctement de lire le mot Alep. Aussitôt, elle tapa ce terme sur son ordinateur et vit, stupéfaite, qu'il s'agissait d'une ville située en Syrie. Ne sachant trop où se trouvait ce pays, Bernadette faillit s'étouffer lorsqu'elle comprit que Bernardo portait un objet provenant directement des zones où logeaient les

Infidèles. En réponse à cet insupportable, un lac d'acide se mit à bouillonner au creux de son estomac. C'en était définitivement trop pour elle !

Rendue au bord de l'apoplexie, elle souffla une nouvelle fois les particules chlorhydriques sur la prothèse afin de la détruire. Et avec un peu de chance, Bernardo fondrait par la même occasion. Enfin, elle pourrait se débarrasser de cet autre qui lui faisait vivre un véritable calvaire. L'Étranger, d'où qu'il vienne, n'avait pas sa place au pays de Jeanne la Pucelle (rien ne prouve qu'elle le fut réellement...)

Relancer les Croisades se voulait être une excellente idée ! Elle ne manquerait pas de la soumettre au prêtre de sa paroisse : un homme de Dieu qui parlait, dans sa soutane, un latin formidable.

Alors qu'elle s'apprêtait à relancer son jet d'acide, la porte du bureau s'ouvrit. Les cinq arrêtèrent net leur action de frapperie.

Monsieur Charles De La Bonbonnière reprenait possession des lieux.

Les secrétaires se remirent à frapper comme si rien ne s'était passé.

Le monde respirait, les places embellissaient, les spectacles vivants retrouvaient leur verve d'antan, et les restaurants s'animaient grâce aux Pass Sanitaires qui continuaient à faire grincer des dents les fâcheux qui, il faut bien l'avouer, finissaient encore les pieds devant ! Ils en gardaient la primeur. Les autres préférant se pavaner à la plage ou dans des parcs ombragés.

Une chose était certaine : les Rôtissimos tournaient désormais au ralenti.

Vu le nombre d'enterrements prématurés subits par les familles endeuillées, les Éclairés perdirent légèrement en audience. Certes, il y avait bien eu ce reportage Hold-up qui déclinait, en deux heures quarante, la thèse selon laquelle, grâce au covid, les gouvernements manipulaient les pauvres âmes. Le principe d'un tel film étant d'asséner des vérités invérifiables du moment qu'elles fussent dites par des personnalités 'médiatiques.' La palme revenant au meilleur d'entre tous : le chauffeur de taxi qui ne laissa personne indifférent tant son éloquence se voulait des plus ardentes. Incandescence rimant parfois avec incontinence. Quant au bouquet final, il affirmait que ce complot mondial était destiné à contrôler et à asservir les foules ! Rien que ça.

Mais il était trop tard pour ce pauvre peuple de France puisque la 5G interférait désormais avec les nanoparticules introduites via le vaccin. La majorité des péquins de l'hexagone serait désormais sous les contrôle du grand ordinateur se trouvant au trentième sous-sol du palais de l'Élysée !

Le gras 5G-isé ayant des effets insoupçonnés.

Cependant, les français qui avaient gardé encore un fond de jugeote n'eurent pas droit à 'Hold-up 2, le retour.' Faut-il le regretter ?

Aux Amériques, le Maître du Monde Libre ayant attrapé ledit virus fut traité avec des anticorps dernier cri, ce que les gueux avaient bien du mal à se procurer. Après tout, ces nécessiteux n'avaient qu'à s'acheter une assurance privée à six mille dollars par an ! Sur ce point, Bernadette eût été d'accord à cent mille pour cent.

Aussi, ce traitement guérit-il Donald de sa vilaine toux et ne modifia en rien son apparence capillaire qui faisait, il faut bien l'avouer, toute la personnalité de cet homme on ne peut plus baroque. Cette médecine d'une efficacité redoutable lui permit d'haranguer avec plus de force et de persuasion les fâcheux d'outre-Atlantique qui ne cessaient de se convertir aux idées de la droite extrême. Donald ne savait pas à l'époque que Joe l'Athlétique le battrait lors des prochaines élections ! Un épisode qui allait le rendre passablement énervé…

Monsieur Charles De La Bonbonnière venait de passer trois heures sous la douche en tentant désespérément d'enlever les particules de sale ayant incrusté ses chairs suite à son séjour cinq étoiles. Il frottait avec une ardeur peu commune mais ne parvenait pas à extraire ce qu'il pensait être des incrustats de son ami Gégé l'anencéphale. L'amitié étant indélébile, il pouvait toujours frotter. D'autres, et notamment Lola, eussent dit qu'il pouvait se gratter !

Aussi, regretta-t-il amèrement d'être resté aussi longtemps sous la douche : son compère le poursuivrait jusqu'à la fin de ses jours. Pour étouffer l'affaire, Charles se parfuma au monoï et ne lésina pas sur les quantités. Il en eut la gorge irritée.

Une fois requinqué, même si quelque peu fripé, il partit en direction du coffre qui n'attendait que sa venue. Les verrous débloqués, la porte épaisse s'ouvrit sur le pactole qui, à vue de nez, devait frôler le million d'euros. Il en perdit l'équilibre tant l'émotion venait de le terrasser. Qu'allait-il faire de tout ce pognon stocké sous la forme de liasses de billets de cinquante euros (soit un total de deux cents liasses) ? Sûrement pas les donner à des œuvres caritatives car elles commanderaient des cadeaux de noël pour les enfants les plus déshérités ! Et encore moins sponsoriser les prisons qui n'hésiteraient pas à acheter des savonnettes de qualité supérieure au pouvoir détergent des plus insoupçonnés.

Ému aux larmes, Charles n'eut pas la moindre idée quant à l'utilisation potentielle qu'une telle somme offrait. Il n'en fut nullement surpris puisque son seul but dans la vie était de stocker à l'infini. Si, précédemment, il fut dit qu'il était parti aux Bahamas, il ne faut pas songer un seul instant que le moindre centime provenant de ses fonds privés avait été déboursé. Que nenni ! Son ami psychiatre le pensant bouleversé par la mort de son père paya l'intégrité du séjour.

Même si Monsieur De La Bonbonnière détestait sa grand-mère Lola, on ne pouvait que constater qu'il avait pris le meilleur de cette relation non affective. En tête, le côté radin.

Le coffre refermé, il songea justement à la vieille qui, elle aussi, possédait une boîte débordant de liasses de cent euros !

Une réminiscence s'imposa soudainement à son esprit : Lola était diabétique. Une erreur de dosage devenait une potentialité à ne pas négliger. D'ailleurs, il serra dans sa main gauche le petit flacon d'insuline qu'il avait conservé dans la poche de son pantalon.

A dix-huit heures, les cinq prirent leurs affaires et partirent du bureau. Avant, bien sûr, Bernadette éteignit le plafonnier comme on lui avait dit de le faire lorsqu'elle était devenue Cheffe de cette section des scribes des temps modernes. (Si le réchauffement climatique ne souciait guère le gérant de la boite, les économies en électricité renforçaient le bas de laine qui dormait dans le coffre.) Ils passèrent la porte un à un, mais firent en sorte que Monique soit la dernière de la file. Ce qu'ils craignaient le plus était de rester prisonniers dans cette pièce à cause d'une Monique coincée entre les montures de la dite porte. L'abus de protéines en poudre pouvant avoir quelques conséquences fâcheuses.

Arrivés sur le trottoir, ce fut à peine s'ils se saluèrent. Les cinq se contentèrent d'un petit signe de la tête qui voulait dire qu'il était temps de passer à autre chose. Ils partirent vers leurs directions respectives.

Dotés du fameux Pass Sanitaire, ils pouvaient enfin se déplacer à leur guise et, surtout, vaquer à leurs préoccupations préférées. Aucune hésitation n'entrava leurs décisions.

Comme on peut s'en douter, Monique fut la première à accéder à son activité princeps : Basilic Fist se trouvant à deux pas du cabinet croque-moresque. Une fois rendue dans le temple du muscle, elle souleva sans relâche la fonte jusqu'à minuit. Ayant retrouvé la paix de l'âme (d'autres eussent parlé d'ataraxie), la petite voix qui manquait de sucre pour se nourrir ne pouvait plus parler à son amie de toujours. Quant à ses envies de meurtres - celui de ses petits camarades de classe qui n'avaient eu de cesse de se moquer d'elle, enfant - rien ne permettait d'affirmer cette disparition au sein de la non-pensée de Monique. Fallait-il pour autant se méfier de cet être tout de muscle sculpté ? Seul les plus téméraires oseront lui poser directement la question. Aussi souleva-t-elle la fonte jusqu'à plus soif.

Quant à Bernadette, elle descendit du bus pour se diriger sans réfléchir un seul instant dans ce Monop qui venait de recevoir la dernière collection de serre-têtes bleu marine. Sans doute qu'une sorte de pilotage automatiques se trouvait au commande de sa boîte crânienne. Elle en prit trois, mais s'assura au préalable de l'absence de ces êtres irritants qui n'étaient là que pour pourrir son existence. Ce jour-là, chose improbable, elle se surprit à mettre également dans son panier de course des tubes de peinture à l'eau d'une couleur bien blanche.

Pour les trois autres, on peut se douter qu'ils ne firent pas dans la dentelle.

Arrivée rue de Belleville, Joyce fut émue au plus profond de ses fondations lorsque l'odeur des nems s'introduisit dans ses narines. Elle fit quelques pas supplémentaires dans cette allée animée et constata que toutes ces boutiques aux senteurs asiatiques accueillaient désormais les clients en recherche d'exotisme. Ne sentant plus ses jambes, Joyce se précipita dans son échoppe préférée (il en existait plusieurs, mais celle-ci proposait des mets particulièrement épicés.)

Après avoir consommé un nem transformé par phénomène de transmutation en rouleau de printemps, elle resta un instant béate de félicité. Assurément, un produit de qualité. Elle venait de retrouver un semblant de vie. Aussi, rassasiée, remonta-t-elle à son appartement dans lequel le baveux l'attendait.

Malheureusement pour Joyce, la vue du filet de bave, plus épais qu'à son habitude, gâcha son retour à l'existence terrestre. Ce jour-là, elle décida de ne plus couper le fils qui pendouillait ! Une décision des plus courageuses. De plus, elle empoigna la bouteille de sauce soja et, de rage, en aspergea son mari qui n'avait jamais eu l'occasion de lui dire qu'il était allergique à cet arôme. Joyce, satisfaite par les bonnes initiatives prises au cours de sa journée, partit se coucher sans se soucier un instant de son homme qui ne pouvait pas se gratter. Bien sûr, la Direction des Affaires Hygiéniques et Sociables n'eût en rien apprécié cette attitude on ne peut plus déplacée.

Pour la première fois de son aventure terrestre, elle dériva du côté d'un rêve bien étrange. Fière et hautaine dans son costume de Générale des armées, elle se vit, comme le fit son grand-père en une lointaine époque, envahir l'Indochine pour la soumettre à sa volonté impérialiste. Une action métaphysique qui allait devenir, hors du rêve, son plat principal aux saveurs que l'on sait.

Ayant la vie dure, le transfert transgénérationnel poursuivrait, telle une fonction atavique, son ancrage des plus dévastateurs.

D'une incroyable stabilité, Bernardo se demandait si la réalité qui s'offrait à son existence était crédible tant il se sentait à l'aise en marchant avec cette nouvelle prothèse venue des contrées lointaines troublées par les guerres fratricides. Pas la moindre claudication n'affectait son allant. De nouvelles ailes venaient de lui être greffées aux pattes. Avançant de ce pas nouveau, il se dirigea au hasard dans les rues de Paris. Ne sachant où se rendre, il s'arrêta face à une enseigne qu'il ne connaissait pas encore. Bernardo hésita pour la forme, puis entra dans ce temple qui s'emblait l'attirer avec force et démesure.

Casque sur les oreilles pour se protéger du bruit, et pistolet à la main, il commença à décaniller les cibles en carton qui se trouvaient à une certaine distance de lui. Surpris, il prit un grand plaisir en s'abandonnant à cette activité pour le moins inédite.

Alors qu'il tirait, il eut la vision de ses frères et sœurs qui avaient toujours protégé le secret qu'il n'aurait jamais dû, selon les directives familiales, connaître. Sa jambe sectionnée au-dessus du genou recommençait à lancer telle une plaie infectée. Il appuya de toutes ses forces sur la prothèse et constata que la douleur disparaissait comme par enchantement.

Il n'eut plus la vison des aînés, les oubliant même. Son esprit s'arrêta de penser et le souvenir de cette enfance spoliée cessa de le tarauder. Il partit chercher de nouvelles cartouches à l'accueil et, trois heures durant, se contenta de descendre les cibles qui semblaient se balancer tels des spectres vidés de toute vie.

Satisfait, il remit sa veste et partit de cet établissement qui serait désormais le haut lieu de sa nouvelle destinée. La prime de mille euros venait de trouver définitivement chaussure à son pied.

Marchant d'un pas décidé pour rejoindre le métro, Bernardo passa lentement devant la salle du Bataclan.

Gérard se dirigeait, lui aussi, vers son domicile décoré comme un triste mois de novembre humide et froid. Il se demandait quel serait le thème de la Chasse au sanglier qui allait débuter tard dans la nuit. Sa réflexion ne se rendant jamais au-delà de cette considération esthétique, il se contenta de marcher nonchalamment. Et rien sur son chemin n'arrivait à capter son attention.

Ce jour-là, il se retrouva pris au piège d'une manifestation qui ne voulait pas le libérer. Comme le sanglier de la Chasse en Sologne, il était pris au piège. Comment avait-il intégré, malgré lui, ce mouvement artistique ? Nul ne serait en mesure de le dire. Entouré d'une horde de femme de tous âges, il entendit des slogans qui clamaient la liberté de la femme, ainsi que son respect. Mais plus encore se trouvaient au milieu de ces madones d'autres femmes qui jetaient avec un bonheur inégalé le voile qu'elles portaient sur la tête.

Des Iraniennes, entourées d'une foule conséquente, menaient la danse pour honorer la mémoire de Mahsa Amini, morte d'avoir voulu être une femme à part entière. Jamais autant de plaisir n'avait été noté sur ces minois que la beauté éclairait.

Au loin, bien plus loin, on pouvait paradoxalement observer de jeunes adolescentes nées en France qui, recouvertes d'opaques tissus grossiers ne laissant passer que leur regard sous liberté conditionnelle, rêvaient de vacances en Afghanistan ou à Raqqa, en Syrie. Pressées, elles n'intégrèrent pas ce mouvement stellaire.

Par inadvertance, Gérald laissa tomber son portefeuille. Une des manifestantes le ramassa et le porta à l'estrade où se tenaient les micros. Carte d'identité hissée bien haut, une de ces femmes se mit à prononcer ces mots dans l'amplificateur de son : Gérard, vient chercher ton identité ! Apparut également sa tête sur les deux écrans géants qui accompagnaient ce meeting.

Les regards qui venaient de le repérer se tournèrent instantanément vers lui. Et de ce déplacement sidéral naquirent ces mots qui diffusèrent comme une trainée de poudre.

Gé-rard, Gé-rard, Gé-rard !

Il comprit que le drame qu'il vivait en cet instant n'était autre qu'un complot tendant à le mettre plus bas que terre. Gérard prit peur. Tinderland et autres Tics et Toques ne voulaient plus le lâcher. Il eut tendance, tel le sanglier de Sologne, à se mettre en boule avant de charger.

Entendant toujours son prénom scandé de plus en plus fort, il sut avec certitude que sa mère s'était bien foutue de sa gueule en le nommant ainsi. Non, Gérard n'était pas le prénom le plus élégant qu'on pouvait porter sur cette terre !

Désormais toutes les femmes de la terre bramaient ce secret qu'il n'avait jamais osé dévoiler à personne.

Les maudissant toutes à jamais, il partit, tel un phacochère, s'enfermer dans son appartement.

Une Haine indicible recouvrait désormais son visage luisant de varicosités rougeaudes.

La France commençait enfin à respirer à pleins poumons. Le virus avait bien eu raison de muter en cet omicron extrêmement contagieux, certes, mais tellement plus gentil pour les trachées qui pouvaient désormais rester ouvertes. Aussi, la vie mise entre parenthèse reprenait-elle de son audace.

Les écoles et les universités recevaient à nouveaux les étudiants qui prenaient plaisir à se retrouver entre eux sur les bancs du savoir. Les cours en visio les ayant entraîné vers un dégoût d'apprendre, certains abandonnèrent leurs études qu'ils avaient pourtant désirées. Quelques-uns de ces être fragiles du fait d'une construction mal aboutie, furent emportés dans les méandres de la dépression. Une période qui fit exploser la vente des antidépresseurs. Certains ne remontèrent jamais la pente.

Heureusement que les discothèques et autres bars dansants rouvrirent leurs portes, ce qui donna à ces corps jeunes et beaux la possibilité de s'enflammer sur les pistes que les boules à facettes transcendaient. La musique sublimait ces instants que nul n'aurait refusé pour rien au monde. Ou faut-il dire pour plus rien au monde ! Sous les boum boum des basses des enceintes géantes, les corps soumis aux lois de la transmutation exultaient. La musique ayant cet extraordinaire pouvoir.

La vie reprenait le fil de sa vie, tels des éclats de rire à nouveau libérés.

Bien sûr, les Angelots de la télé reality avaient vu, lors de cette sombre période, leur bronzage disparaître et leurs muscles luisants fondre comme neige au soleil. Un blessure narcissique qu'ils avaient bien du mal à digérer. Heureusement que les followers ne les avaient pas abandonnés sinon, ces êtres adulés auraient sombrés dans les arcanes abyssales de la mélancolie : le narcissisme non comblé menant le plus souvent au pire.

De leur côté, Tinderland et autres Tics et Toques furent ravis de redonner un coup de pouce (il s'agit toujours d'une métaphore) à ces calices desséchés qui demandaient beaucoup de compassion. Ces institutions charitables à caractère compassionnel firent, grâce au principe de l'ego boost, retendre les structures chibroïdes qui ne savaient plus où donner de la tête. Du moins, pour un instant : les soufflets remplis de fromage ayant une forte tendance à retomber rapidement une fois sortis du four.

Tel était aussi le pouvoir des multinationales sur les êtres qui avaient fini par y croire dur comme fer.

L'avenir n'était pas si rose qu'on pouvait le croire.

A vingt heures-trente précise, le Directeur Général de la Santé Publico-Pudique n'apparut plus sur les chaines de la télévision française. Sa présence fut remplacée par des publicités qui n'en finissaient plus de coloniser l'esprit des gens.

Désormais, les marchés se portaient à merveille.

La période qui suivit fut semi-douce, même si tout revenait lentement à sa place. Les Rotissimo avaient débranché leurs tournebroches et le personnel hospitalier, épuisé, respirait sans trop penser au lendemain. Bien sûr, beaucoup prirent la décision de changer de métier. La fuite des hôpitaux mit à mal le fonctionnement des services. Plus personne ne sachant comment faire tourner ces boutiques.

Les 'savants charismatiques' qui criaient haut et fort sur les fenestrons télévisuels leurs vérités ou leurs indignations lors de la grande période du covid n'eurent plus la même ardeurs pour soutenir ces soignants téméraires qui avaient tout donné pour que survive la France.

On n'entendit plus jamais parler d'eux. Que leur courage exemplaire soit ici remercié et cité en exemple !

Sans doute attendaient-ils une nouvelle épidémie pour haranguer les foules de leurs savoir on ne peut plus déplacé.

Désormais, le soleil brillait sans entrave dans le ciel bleu azur.

Aussi, la vie reprit-elle de son insouciance. On ne causait plus trop covid car il était devenu une préoccupation des plus secondaires. De plus, les gens commençaient à avoir une certaine habitude de cette épidémie car on passait de la troisième à la quatrième vague, de la quatrième à la cinquième, et ainsi de suite. Bien sûr, nous n'eûmes plus droit aux arguments complotistes qui commençaient à nous manquer tant ils nous avaient ouvert l'esprit à l'Art du vaudeville. Le ridicule n'ayant jamais tué personne, la lune pouvait rester aussi creuse qu'elle le voulait. Située à trois cent quatre-vingt-quatre mille kilomètres de la terre, bien peu iraient vérifier cette allégation.

Les vaccinés n'étaient toujours pas très chauds pour se prendre une quatrième dose, mais ils le firent sans rechigner. Revivre un confinement les eût transformés en cloportes suicidaires. Et de ça, il n'en était pas question.

Telle était désormais l'ambiance qui chapeautait les foyers de l'hexagone : le Click and Collect n'étant plus d'actualité.

Le chômage, la pauvreté, la bêtise n'avaient pas disparu pour autant. Par contre, l'inquiétude de se retrouver embroché à la rôtissoire collective ne colonisait plus avec autant de force les esprits fatigués.

Une avancée majeure au sein de la société.

Monsieur Charles De La Bonbonnière, toujours traumatisé par son séjour en prison, se consolait en se disant que le magot qui dormait dans le coffre de Lola avait dû prendre de l'envergure. Toucher les liasses de cent euros pour les emporter dans son antre était devenu sa seule obsession. Aussi, décida-t-il de rendre visite à sa grand-mère qui n'attendait que lui (faut toujours pas rêver.) Bien sûr, il n'oublia pas de mettre dans la poche de sa veste une seringue remplie d'insuline, celle-là même qui avait été si efficace pour envoyer son papa au Royaume des Cieux.

Rue de la Paix, Charles sonna à la porte.

Hé Hé… fit Lola qui n'avait toujours pas l'habitude que l'on toque à sa renardière. Bien sûr, elle ouvrit sans se poser la moindre question puisqu'elle venait de faire son injection de seize heures. La déconnexion neuronale étant une chose pour laquelle elle n'aurait renoncé pour rien au monde. Avoir un taux de sucre normal ne faisait plus partie de ses préoccupations depuis belle lurette.

Charles entra dans l'appartement et partit derechef en direction du coffre qui se trouvait dans la chambre de Lola. Sa grand-mère, accompagnée de Brutus, firent de même sans se poser de questions métaphysiques. L'ingrat le regarda (le coffre, pas Brutus) avec une telle avidité qu'il en avait les larmes aux yeux. Son émoi pouvait se flairer à cent lieues à la ronde.

Sans aucune explication, une montée d'animosité envers celle qui l'avait toujours détesté au plus haut point s'insinua en lui. Son regard confirmait cet état second que rien ne semblait contrôler. Et surtout pas sa raison. Aussi empoigna-t-il la seringue qui se trouvait dans sa poche et décapuchonna-t-il l'aiguille qui n'attendait plus qu'un bout de chair pour s'y planter.

Lola qui ne comprenait strictement rien au scénario se déroulant en direct eut, cependant, comme un petit instant de lucidité dont la durée fut limitée à une dizaine de secondes. Elle capta que le géant de deux mètres cinquante n'était autre que Charles. Hum Hum… fit-elle sans se préoccuper de l'effet délétère que ces phonèmes pouvaient avoir sur les fonctions cérébrales de son hôte. Il avait bien grandi le petit. Sans doute son séjour en prison y était-il pour quelque chose !

Alors qu'elle souriait à vide, Charles sortit la seringue de sa poche et commença à la diriger vers Lola qui se foutait royalement de ce petit merdeux inculte et mal léché. L'insuline n'étant plus qu'à quelques centimètres de la chair de sa victime, elle eut un sursaut non pas de survie, mais bien de désir. Ses capteurs venaient de comprendre qu'un surplus hormonal se proposait à elle sans qu'elle n'ait rien à faire. Une aubaine tombée du ciel.

L'aiguille arrivée à une dizaine de centimètres de sa carotide, Lola qui n'en pouvait plus tant sa joie exultait fit un énorme Grrrrr, Grrrrr… Aussitôt l'onomatopée formulée avec conviction, Charles replongea dans ses cauchemars les plus assassins.

Pris d'une incommensurable attaque de panique, il eut l'impression de se retrouver perdu au cœur d'une forêt de pins de mille hectares dans laquelle aucune porte de sortie ne s'offrait à lui. Mais le pire n'était pas là.

Le Grrrrr, Grrrrr… venait de matérialiser l'autre cauchemar de sa vie : Gégé l'anencéphale et sa savonnette citronnée.

C'en était trop pour cette frêle chose qui ne supportait pas la moindre contrariété. La panique fut telle que Charles, vertigineux, perdit l'équilibre. Alors qu'il tentait de se retenir pour ne pas s'écraser au sol, la seringue se planta par inadvertance dans sa cuisse. Brutus, trop heureux de rendre service, donna un coup de patte avant sur le piston, ce qui injecta la totalité de la dose d'insuline.

Dix secondes plus tard, Charles ressentit les effets de cet élixir hautement concentré. Il regarda Lola et Brutus qui, eux aussi, dépassaient les deux mètres cinquante ! Cependant, les effets ne furent pas vraiment identiques à ceux que l'on pouvait noter chez Lola, hormis l'augmentation des surfaces.

Une angoisse massive venait de coloniser ses troubles pensées.

Se sachant définitivement perdu, Charles se dirigea vers la fenêtre, l'ouvrit et plongea du troisième étage. Avant, bien sûr, il se permit un Hé, Hé… d'anthologie puisque tels étaient les effets subsidiaires de l'insuline.

Son crâne devenu à son tour anencéphale gisait sur le trottoir à la merci des corbeaux. Plus rien ne viendrait perturber cette lopette d'une rare lâcheté (toujours selon les dires de qui l'on sait.)

Étonnée de voir la fenêtre ouverte, Lola s'approcha d'elle puis se pencha pour observer, sans comprendre, la drôle de chose qui salissait le trottoir. Complice éternel, Brutus fit de même en lâchant l'équivalent de deux seaux de bave qui retombèrent sur le cadavre de Charles.

Hum, Hum… se contenta de dire Lola qui adorait toujours autant ses petits surplus récréatifs d'insuline !

Dans le bureau sombre et sans couleur, les cinq tapaient à l'unisson les certificats de mise en bière qui permettait l'accès définitif aux petites boîtes hermétiques. Rien n'avait réellement changé depuis ces derniers jours, ce qui les rassurait malgré la régression drastique des cas mortels liés aux effets décapants du covid.

Placés par la Direction des Affaires Hygiéniques et Sociables, ils étaient là, sans autre prétention que celle de survivre à leurs préoccupations qui, désormais, incluaient leurs haines conscientes, ou du moins libérées. Dire consciente reste somme toute un bien grand mot car si on leur avait demandé en quoi consistait cette Haine, aucun des cinq n'aurait pu aligner un mot plus loin que l'autre.

Une chose se voulait certaine : ils se sentaient beaucoup mieux ainsi.

Bernadette n'avait de cesse de bien repositionner son serre-tête bleu marine, tout en regardant fixement le boiteux qui n'avait rien à faire sur cette terre. Si l'on avait inventé les charters, ce n'était pas pour rien ! Un relent des plus acides colonisa ses troubles pensées. Mais Bernardo, depuis le port de ses merveilleuses prothèses, se foutait royalement des foudres de sa cheffe de bureau. Dorénavant, il avait les moyens de se défendre, même si son françech laissaich de plus en plus à désirech. Aussi se contentait-il de ne rien dire à haute voix. Entendre les autres pouffer eut assurément conduit au carnage : les armes à feu ayant définitivement colonisé son mode d'expression souterrain.

Joyce qui avait fait ces derniers temps une orgie de rouleaux de printemps s'était remise discrètement à la comptabilité. La rente versée venait d'être augmentée de dix pour cent puisque cette très dévouée épouse s'était permise de falsifier quelques informations concernant la prise en charge à domicile. Cette chose immobile mangeait comme un ogre que rien ne pouvait réfréner ! Bien sûr, elle ne mentionna pas les compresses d'eau de javel dont la seule fonction consistait à détruire tout microbe de la cavité buccale de son mari. Sourire aux lèvres, le montant de la rente à vie venait de passer à 36

960 euros contre 33 600 l'an passé. Grâce à cette petite entourloupe, le Baveux pouvait profiter pleinement de son petit sursis sur terre.

Monique, niiiiiique, niiiiiique, niiiiiique… se trouvait d'une beauté extraordinaire depuis la consommation des quelques deux cents kilos de protéine en poudre et la réouverture de Basilic Fist. Blonde à souhait, elle s'admirait dans son petit miroir de poche qui ne la quittait jamais. En regardant bien en arrière-plan - au-delà de l'image - elle perçut ses petits camarades de classe qui hurlaient de rire en la dévisageant. Monique, prise d'une fureur des plus compréhensibles, embrocha le miroir entre le pouce et l'index et le fracassa en mille morceaux. Ses petits compagnons venaient de passer l'arme à gauche. Soulagée de constater qu'elle pouvait changer la face du monde en un seul claquement de doigt, elle contracta massivement les masséters. Une paix des plus relatives colonisa son esprit !

Ils n'étaient pas quatre secrétaires mais bien cinq à frapper comme des dingues. Ceci inclus forcément Gérard qui continuait à maudire toutes les femmes de la terre telle une rumination impossible à digérer.

Devenue de plus en plus difficile, sa déglutition douloureuse lui rappelait qu'avec un prénom pareil jamais il n'aurait une seule chance sur Tinderland et autres Tics et Toques. Sa vie allait-elle se terminer sur ce constat d'échec dont les tors revenaient entièrement à sa mère ? Ce serait bien mal connaitre Gérard ! Aussi, pour pallier cet impossible problème, il prit une sage décision.

Demain, il se rendrait à l'état civil pour changer de prénom. Demain, Guy-Gilbert apparaitrait sous un jour nouveau.

Lumière tamisée, les cinq se remirent au travail.

Alors que les textes avançaient à pas de géant, la porte du bureau s'ouvrit brusquement. Aucun des cinq ne leva la tête pensant que les policiers venaient à nouveau d'entrer dans leur pièce. Sans doute voulaient-ils en savoir davantage sur les circonstances de la mort du père de Charles. Pour eux, le dossier était bouclé car ils se foutaient royalement du sort de leur patron. Mort ou définitivement enfermé en taule, ils savaient que l'entreprise serait reprise par un autre et que personne ne pouvait les remplacer tant leur savoir-faire excellait. De caractère prioritaire, leur mission entrait dans le cadre de ces absolus que nul ne pouvait remettre en cause. Aussi restèrent-ils tête baissée.

Des pas résonnèrent dans la pièce pour se diriger vers le centre. Manifestement, la personne était seule. Mais pas vraiment. Car en tendant bien l'oreille, on pouvait deviner la présence d'un cliquetis feutré accompagnant lesdits pas. Intrigués par tant de nouveauté, ils ne relevèrent pas la tête pour autant. Cette fois-ci, les cinq se demandaient qui venait de franchir la porte du bureau.

Alors que les pas s'étaient arrêtés au centre de la pièce, ils entendirent un magistral Hum, Hum…

Habillée d'un chiffonné tout de poil de fouine cousu, Lola redevenait la Patronne du complexe croquemoresque !

Partout dans le monde, la tension qui avait pris les gens à la gorge n'avait plus lieu d'être. Les péquins revivaient en toute liberté. Le Pass Sanitaire n'était plus de mise, ce qui permettait une circulation sans entrave. Les marchandises, quant à elles, cheminaient d'un port à un autre, comme glissent les bateaux sur l'eau : le capitalisme regonflait ses actions au CAC 40. Les actionnaires jubilaient. Les petits, eux, se contenteraient d'un généreux 1,25 % qu'offrait le Livret A.

Bernadette était aux anges.

Alors que le ciel étoilé brillait de mille galaxies, une nouvelle noirceur commença à s'abattre sur le monde. Car il faut savoir que la Haine, moteur qui nait bien avant la naissance de l'Amour, possède une force incroyable quand elle est habitée par des êtres à la construction passablement débilitée.

En ce vingt-quatre février de l'an deux mille vingt-deux, les chroniqueurs annoncèrent que l'Ukraine venait de se faire attaquer par sa voisine la Russie.

Les arguments justifiant une telle agression étaient la chose la plus curieuse jamais encore entendue en ce vingt et unième siècle. Qui, en ce monde, aurait pu croire que ce pays désormais bombardé était un terroir peuplé de nazis, et fiers de l'être ? De toute évidence, l'ensemble de la population de cette contrée portait des bottes noires et de grands manteaux de cuir une fois rendus hors du champ des caméras.

Assurément, un pays de fous qui avait élu pour président un gars issu du show-business.

Car élire un comique à la tête de l'État conduirait inéluctablement à une catastrophe nationale. Sous peu, les Ukrainiens deviendraient des êtres décadents qui passeraient leurs nuits (elles aussi déliquescentes) au Kiev-cancan sapés de plumes et de froufrous tous plus affriolants les uns que les autres. Zizi Jeanmaire, de joie, eût chanté Mon truc en plumes !

On comprend mieux pourquoi le Maître des Terres Arides voulait à tout prix détruire cette nation qui faisait honte à la Très Sainte Russie !

Aux Amériques, la situation s'était également arrangée car on ne mourait plus trop dans les parcs ou dans les rues de ces métropoles dites civilisées. Bien sûr, le fentanyl récréatif avait toujours le vent en poupe pour le plus grand bonheur des dealers qui faisaient directement passer leurs promotions via les messageries cryptées. Le commerce équitable ne devant jamais mourir !

Donald n'habitait plus la maison blanche puisque remplacé par Joe l'Antique. Certes, le résultat des élections fut contesté par le perdant qui s'étranglait chaque fois qu'il y repensait. Désormais, la justice venait de décider de le prendre en grippe pour des siècles et des siècles. Ne plus être éligible lui pendait au nez.

Joe s'occupait de ses ouailles en essayant de rassembler ce pays pour en faire une unité cohérente comme la tradition l'entendait. Ce n'était pas gagné tant les opinions des divers états divergeaient. Pour certains, posséder l'arme la plus grosse voulait dire que l'on vivait bien dans le pays des libertés. Il n'est pas dit des droits de l'homme. Un paradoxe des plus curieux.

Aussi, les gosses continuaient-ils de se rendre dans les écoles la boule au ventre en espérant ne pas se faire zigouiller par leurs petits camarades se prenant pour Rambo. Les lobbyistes demeuraient grandement satisfaits de leurs influences positives sur les sénateurs qui savaient leurs carrières assurées.

L'Ukraine une fois attaquée, un budget de plusieurs milliards de dollars fut débloqué par le Parlement Américain pour fournir des armes et autres fioritures à cette nation quelque peu démunie. Démocrates et Républicains, sous l'impulsion d'un Joe devenu activement Chef Suprême de l'OTAN, venaient de se serrer les coudes, même si certains tordaient du nez (un peu comme Joyce lorsqu'elle fait son chèque aux impôts.)

Bien sûr, cette vilaine idée mit très en colère le Maître du Permafrost qui menaça le monde de ses bombinettes ultra puissantes et aussi rapides que l'éclair.

Boum ! Plus besoin de la 5G pour des siècles et des siècles.

Lola qui venait d'intégrer ses locaux se demandait où était passé Charles, son petit-fils. C'était à n'y rien comprendre. D'ailleurs, elle ne comprenait rien. Elle se souvenait qu'ils avaient pris le thé ensemble Rue de la paix, mais ensuite plus rien. Un trou noir des plus amnésiques colonisait l'entièreté de sa cervelle. Tournant la tête du côté droit, elle regarda Brutus afin de lui tirer les vers du nez. Pas la moindre étincelle ne sortit du regard du clébard qui se contenta de baver sur les rapports de mise en bière. Brutus au regard d'abruti n'ayant jamais été d'une grande aide !

Déduction faite, Charles devait pourrir en prison, ce qui expliquait son absence en ce lieu de frapperie frappadingue. Enfin, elle ne reverrait plus jamais cette tête d'andouille.

Hé, Hé… marmonna-t-elle en prenant possession de son nouveau bureau. Après l'avoir admiré sous toutes les coutures, elle se leva et partit directement en direction du coffre rempli de liasses de cinquante euros. Même si sa mémoire s'apparentait à une passoire à grosses mailles, une seule chose ne s'était jamais effacée tant elle savait l'importance de ce souvenir pour sa vie.

Huit droit, cinq droit, deux gauche, neuf droit, sept droit, un gauche. Et le coffre s'ouvrit comme par magie.

Narines grandes ouvertes, Lola huma les biftons qui reposaient tranquillement.

Elle sut qu'elle venait de redevenir la patronne du complexe croquemoresque. Et rien d'autre !

Dix-huit heures sonnés, les cinq quittèrent la scène de leurs aliénations profondes. Bernadette, Joyce, Monique, Bernardo et Gérard retrouvèrent ces autres lieux que nourrissaient leurs putréfactions cérébrales au quotidien. Dans les appartements charitablement fournis par la Direction des Affaires Hygiéniques et Sociables, les cinq fermèrent les verrous de ces portes infranchissables.

Pouvait-il en être autrement ?

Ils se retrouvèrent cadenassés dans ces habitations closes par une absolue nécessité qui se passe de tout soupçon d'explication. Aussi démontraient-ils à quel point certains systèmes ne possèdent qu'une seule et unique fonction : celle de rester en vie, et rien d'autre.

De plus, toute tentative de remise en marche des créatures du bureau ne pouvait plus être une option puisque leurs haines ordinaires, comme des haleines corrosives, asphyxiaient désormais leurs pensées liminaires.

Aussi se remirent-ils à vaquer à leurs préoccupations de tous les jours. Il n'est toujours pas dit occupations.

Le lendemain, tous se retrouvèrent à leur place habituelle pour frapper leurs rapports. La nuit qu'ils avaient passée n'avait pas apporté le moindre changement. Pas un bonjour, pas une odeur de café, pas une seule lueur d'espoir n'éclairait ces vies condamnées à cette errance que nul n'aurait désirée en ce monde. Du moins, exprimé de cette façon : celle qui s'exonère des conventions et de la bienséance.

La musique, l'art ou la littérature semblaient ne jamais s'être arrêtés une seule fois sur leurs trajectoires que d'autres eussent qualifié de terne. Et terne est un bien grand mot quand ont sait désormais l'importance qu'occupait leurs haines inconscientes.

Après tout, n'allaient-ils pas devenir les emblèmes d'une société en voie de perdition qui, sous peu, basculerait vers la déchéance ! Des précurseurs en la matière. La vie en communauté ne ressemblait-elle pas à ce grand marché que le CAC 40 dirigeait en main de maître dans l'indifférence la plus totale ? De plus, posséder le muscle luisant et le bronzage infini via les Tiques et Toques et autres Clics et Cloques conduisait au statut de demi-Dieu que plus rien ne pouvait détrôner. Pas même le David de Michel l'Ange !

La chapelle Sixtine fermant lentement ses portes, elle ne tarderait pas à être remplacée par la chapelle Fistine !

On ne mourrait plus dans la rue ou bien dans les parcs, comme tombent les feuilles des arbres à l'automne. Le virus, organisme intelligent, s'étant arrangé pour survivre en mutant. Il n'aurait pas fait long feu s'il avait tué la population entière.

Avoir autant de jugeote dans un volume aussi petit impose le respect.

Aussi, mourrait-on désormais emporté par la déchéance, l'appauvrissement intellectuel, les addictions, la dépression larvée, le chômage ou la solitude, sous le regard d'une indifférence générale trop occupée à regarder les Angelots de la télé reality.

Les rapports de mise en bière ne risquaient donc pas de dégringoler en cette période de plus en plus troublée, ce qui était une excellente chose en matière de commerce. La mort de l'un enrichissant l'autre à plus d'un titre. On vit même apparaître un nouveau type de décès que nul n'avait encore décrit. L'utilisation du portable, objet devenu aussi indispensable que le poumon ou le cœur, provoquait une telle flexion du cou que le nombre d'accidents mortels devint exponentiel. Des ruptures de la moelle épinière furent monnaie courante tant les têtes fléchies étiraient l'organe qui n'avait pas eu le temps de s'adapter sur plusieurs millénaires. Les écrans devinrent une passion dévorante.

Autre chose de grandiose mit le monde en péril car depuis peu, les logiciels d'intelligence artificielle firent leur apparition pour le plus grand bonheur de tous. Même s'ils n'étaient qu'ébauche dans le domaine, leur perfection était déjà telle que la population comprit rapidement qu'il n'était plus utile de réfléchir plus loin. Il suffisait de poser une question à Chaton, GPT pour avoir, non pas une référence, mais bien une dissertation de dix pages écrite dans un langage impeccable : cette machine étant dotée d'un QI de plus de 150. Et ce n'était que le début de son avènement.

Les migraines disparurent des têtes pour le plus grand bonheur de tous.

Se désinvestir de la fonction de penser atrophierait sous peu les cervelles !

Les cinq s'apparentaient bien aux précurseurs d'une société qui ne tarderait pas à leur ressembler. Ils en étaient le prototype anonyme.

Aussi, poursuivirent-ils sans broncher leur mission qu'ils savaient capitale.

Le temps, moment inéluctable, passa sans que personne ne s'en rende compte.

La dégradation des rapports humains ne fit que s'accentuer, ce qui provoqua une montée les extrêmes. Ils finirent par prendre le pouvoir en logeant au Palais de l'Élysée. Bernadette pouvait être fière de porter son serre-tête bleu Marine. Elle mit un cierge à l'église intégriste en la gloire de Jeanne d'Arc qui venait enfin de lui donner ce dont elle rêvait depuis l'âge de ses trois ans. Son reflux acide cessa aussitôt.

Bernardo passa et repassa devant les salles de spectacles de Paris jusqu'au jours où il utilisa la kalachnikov qu'il avait achetée sur le dark web. Avant, bien sûr, il alla faire un coucou à ses frères et à ses sœurs, histoire de leur montrer ses nouvelles prothèses. Aucun regret n'émergea de sa tête à la vue de ces corps sans vie. Seul le cliquetis de sa prothèse résonne encore dans les rues de la capitale comme une menace que nul ne pouvait désormais ignorer.

Après avoir fait une overdose de rouleau de printemps, Joyce étrangla le Baveux qui n'avait rien demandé. Elle comprit que perdre la rente à vie valait mieux que de s'amputer du marché du nem bien plus lucratif. Joyce devint la patronne d'une entreprise clandestine qui mit l'asiatique mâle au travail dans les rues de Paname. Comment n'y avait-elle pas pensé plus tôt !

Monique, lasse d'entendre la petite voix l'appeler Monique, niiiiique, niiiiique, niiiiique… fit, de manière involontaire, une overdose après avoir avalé quinze litres de protéines en poudre. Tombée à terre, elle ne put se relever et mourut sur le dos comme une tortue. Basilic Fist, le temple du muscle à l'état pur, érigea dans toutes ses salles le portrait de Monique. Désormais, tous les musculeux n'avaient plus qu'une seule obsession : lui ressembler.

Gérard devenu Gilbert-Guy, supprima de sa pensée toutes les femmes du monde en les rendant responsables de ses propres défaites. Il put enfin arborer ce sentiment glorieux qui porte le si joli nom de misogynie. Sous le manteau, il ouvrit un lieu de parole dans lequel des hommes comme lui pouvaient enfin exprimer la haine qu'ils portaient envers la gent féminine. Grâce à cette école, les violences faites aux femmes trouvaient leurs justifications. Les mâles frustrés se sentaient enfin soutenus et compris. Ces écoles se mirent à pulluler. Avec l'argent récolté, Gérard s'acheta un nouveau téléviseur bien plus grand. Quintessence du sublime, la chasse au sanglier en Sologne le rendait le plus heureux des Hommes.

Accompagné de Brutus, Lola resta en l'état. Flairant son pognon qu'elle ne partageait avec personne, elle fit venir en colissimo, non pas des eaux bénites comme le fit feu son fils le dépressif, mais des insulines d'une rare qualité qui la transportaient dans la cinquième dimension. Un jour, elle fit connaissance d'un homme qui venait pour la cambrioler Rue de la paix. S'étant fait son surplus d'insuline, elle tomba directement amoureuse de cet être qui ressemblait trait pour trait à une saucisse sortie depuis peu de prison. Hum, Hum fit elle à cette chose qui lui semblait être un véritable anencéphale. Ému, Gégé ne sut résister au charme de Lola. Ayant lui aussi adopté l'onomatopée comme mode principal de communication, il se mit sans hésiter au surplus d'insuline. Brutus fut ravi d'avoir enfin un papa et une maman pour lui tout seul.

Bien sûr, la guerre déclenchée par Le Maître des Doudounes Polaires finit par s'étendre aux divers pays de l'Europe, puis devint généralisée à l'ensemble du monde. Nous assistâmes à l'avènement de la Troisième guerre mondiale.

La Haine prit définitivement le dessus. Plus rien ne pouvait arrêter sa progression.

Énervé, un andouille appuya sur le Petit Bouton
Rouge.

Boum.

Finie la 5G.

Bordeaux, le 18 janvier 2023.

Ingram Content Group UK Ltd.
Milton Keynes UK
UKHW022231050723
424591UK00014B/464

9 798374 674071